真珠とダイヤモンド

下

桐野夏生

毎日新聞出版

目次

真珠とダイヤモンド　下

第三章

ドリーム

1

佳那《かな》はマンションのベランダに出て、東京湾を眺めていた。波ひとつない海面は、六月の陽光を反射してきらきらと輝いている。が、その海岸線は小気味よいほど、すぱっと直線で切り取られていた。

望月《もちづき》が購入したマンションは、浦安市《うらやすし》の埋立地に建っている。右に目を転ずれば、ビッグサンダー・マウンテンの赤茶の岩肌が見えた。その向こうには、真っ白なシンデレラ城が聳《そび》えている。ビッグサンダー・マウンテンは青空に映えて美しく、シンデレラ城もまるでガラスで出来ているかのように光っていた。

田川も北九州も福岡も、人が長い間かかって築いた街だ。でも、ここは金が新しく作った街であり、金が新しく作ってみせた景観なのだ。この人工的な光景を見るたびに、佳那は痺《しび》れるほどの感動を覚えた。そして、東京に来てよかったと思うのだった。

じきに梅雨が始まると聞いているが、五月終わりに上京した時から、天気はほとんど崩れていない。抜けるような青空と光る海、そしてディズニーランドは、毎日変わらない景色を見せてくれる。東京に来てからというもの、佳那の心はいつも焦りにも似た興奮で、沸き立っているのだった。

新居を浦安にしたのは、佳那がディズニーランドに憧れているのを知って、望月が浦安限定でマンションを探してくれたおかげだ。しかも、萬三《まんさん》証券の本社ビルは日本橋茅場町《かやばちょう》にあるので、地下鉄東西線が便利だ。まさに一石二鳥の立地だった。

佳那は、こうして自分たちの地歩を固めてゆく望月の手腕に、少なからず驚いていた。決して、大言壮語ではなかった。二年後には東京へ、その後はスイスかニースか、どこか海外に。望月と一緒にいれば、自分も上に上がっていけるのだ。佳那は、望月と出会ったことに満足していた。

望月と結婚式を挙げたのは、ほんのひと月前、五月の連休だ。佳那はジューンブライドに憧れていたから、六月に挙式したかったのだが、望月の東京本社への栄転が決まったので、慌ただしく挙式したのだった。

媒酌《ばいしゃく》人の支店長夫妻、吉永《よしなが》課長と同期の同僚、そして自分たちの家族だけを招いた披露宴は盛大ではなかったが、内容は贅沢だった。

ホテルでのディナーは一人三万円のコース、そしてバカラのワイングラスという豪華な引き出物を付けた。新婚旅行はファーストクラスでハワイ。誰が見ても、萬三証券福岡支店の売上ナンバーワンである望月の見栄だった。

山鼻《やまはな》や須藤《すどう》などの特A客を招待しなかった理由は、「仕事とプライベートは分けたい」という望月の意向だったが、佳那は密《ひそ》かに、望月は他の営業マンに紹介などして、大事な客を取られることを怖《おそ》れたのだと思っている。

惜しむらくは、姉の美紀《みき》一家が出席してくれなかったことだ。美紀はあれ以来、佳那には一切連絡をくれようとしない。彼ら一家の居場所も、どんな状況にあるのかも、佳那には金輪際教えるつもりはないらしい。母親とは時々連絡を取っているようだが、箝口令《かんこう》が敷かれているらしく、須藤と繋《つな》がりがありそうな佳那には、何も伝わってこないのだった。

佳那は、姉に疑われていることが理不尽に感じられたし、寂しくもあった。しかし、よほど嫌な目に遭ったのか、姉は自分に一切近付こうとしなかった。

挙式前、佳那は望月に、姉への嫌がらせに須藤が関与していないかもう一度訊《き》いてみたことがある。その返事は、『俺は知らないよ』という素っ気ないものだった。

『だけど、うちしか知らん住所ば、そん人たちがなぜ知っとったんか、不思議なんやけど』

佳那がなおも問い詰めると、望月は嫌な顔をした。

『俺を疑ってるのか?』

『まさか、そやないけど』

『ダンナが不倫したんだから、元の妻側からばれたに決まってる』

望月は、同じことを繰り返した。

『その証拠はあるの?』

『あるわけないよ』

『じゃ、何でそう言うの』

『ろくでもない男なんだから、妻もろくでもないんだろう』

望月は憮然《ぶぜん》として言う。いつになく強硬なので、佳那は呆《あき》れた。

『じゃ、私のお姉ちゃんも同じ部類？』

『そうは言ってないよ』

『嘘。なんか他人事で、冷たかね。あんたの義理の姉さんやなかと』

『俺は不倫なんかする連中が嫌いなんだよ』

喧嘩になりそうだったので、話はそれきりだった。

実は、佳那はこういう望月の潔癖さに手を焼いている。いや、潔癖というよりは、不寛容だった。望月は、不倫相手と結婚した姉を許そうとはしないのだ。その不寛容さは、佳那に対する独占欲にも繋がっているような気がしてならない。

佳那は結婚を機に退職し、専業主婦となった。佳那自身はまだ働きたかったが、望月は、『株は汚い世界だ。俺は佳那を家に置いておくことで安心するんだ』と言って許してくれない。そして、その安心は、逆に望月を自由にしたようだ。今日も遅く帰ってくるのだろうか。望月についてきてよかったと思う半面、何だかつまらない。

しかし、退屈だと思うたびに、佳那の耳許で浅尾瞳《あさおひとみ》の言葉が蘇《よみがえ》るのだった。

『証券会社は男の世界ばい。女の出る幕はなかとよ』

結婚式の当日のことだった。着付けのために、ホテルの美容室に入ろうとする佳那に声をかける者がいた。

「小島《こじま》さん」

振り返ると、髪を結い上げた芥子《からし》色の付け下げ姿の女が立っている。誰かと思えば、浅尾瞳だった。おととしの年末に退職して、ほぼ一年五カ月ぶりに見る浅尾は少しふくよかになって、和装のせいか落ち着いて見えた。驚いて立ち竦《すく》む佳那に、浅尾が皮肉な口振りで言った。

「望月さんと結婚するんね。おめでとう」

「ありがとうございます」

佳那の表情に警戒心が見えたのか、浅尾が笑いながら付け足した。

「うちは見合いがあって来たんやばってん、偶然やね。支店長夫妻も見えるとかしら」

見合いと聞いて、佳那は浅尾の逞《たくま》しさに感心した。

「はい、いらっしゃいます」

「支店長には厭味《いやみ》のひとつも言いたかところだばってん、目出度《めでた》か席やろうけん自重するわ」

佳那が何と答えようかと迷っていると、浅尾が続けた。

「あんた、会社辞めると?」

「はい、四月末で退職しました」

浅尾が頷《うなず》いた。

「それがよか。証券会社は男の世界ばい。女の出る幕はなかとよ」

「だけど」

少しは未練がある、と言いそうになった佳那は、浅尾の表情を見て口を噤《つぐ》んだ。浅尾は口を歪《ゆが》めて、悔しそうな顔をする。

「うちらの小口客なんか、会社はどげんでもええの。ただの職場の花や。懸命に株ば売る女なんて、男たちは根っから馬鹿にしとる。やけん、さっさと辞めた方が賢か」

さすがに衝撃を受けて、佳那は沈んだ。

「だけど、浅尾さんはフロントレディの中では一番だったじゃないですか」

「たいしたことなか。あんたのダンナさんに比べたら、雀の涙ばい」

その時、美容室の人間が、なかなか現れない佳那を呼びに来た。それを見て、浅尾が手を振る。

「望月さんの運がどこまで保《も》つか、あんたが見届けてやんなさい」

最後は厭味で締め括《くく》られて、佳那は唖然とした。言い返す暇もなく、浅尾は振り返りもせずに行ってしまったのだ。


佳那は再び、ディズニーランドの方に目を遣《や》った。

上京してから、もう三度も遊びに行ってミニーマウスの縫いぐるみを二体買った。こんなに近くに住んでいるのだから、いつかディズニーランドで働きたいと夢見ているが、望月は決していいと言わない。

浅尾が言ったように、確かに証券会社での仕事はもうしたくない。望月のやっていることが、自分には到底できないからだ。が、証券の仕事は望月に任せても、自分にも何かできることがあるような気がしてならない。あの時の燃えるような上昇志向の熾火《おきび》は、佳那の中でまだ消えていなかった。

もし、働けないのならば、子供を産みたかった。子供なら、姉の美紀のように女の子が欲しい。少し大きくなったら、ディズニーランドに一緒に行って遊ぶのだ。私立小学校の受験をさせてもいい。ともかく何かしないと、気持ちが収まらない。

その時、佳那は、自分を支配しつつある「焦りにも似た興奮」とは、この東京という巨大な街で、自分も何かをして成功したい、誰かに認められたい、という欲望なのだと気がついた。しかし、何をしたら成功して認められるのかがわからない。

ベランダで景色を眺めているうちに、いつの間にか時間が経っていたらしい。午後の陽が傾き始めていた。佳那は名残惜しくディズニーランドの方を一瞥《いちべつ》してから、リビングに戻った。

本社に来てから、望月は歓迎会や上司との打ち合わせで忙しく、佳那と一緒に夕食を食べられたのは、週末だけだった。

今夜も佳那一人ならば、食材など買いに行かなくてもいいのだが、万が一、望月が早い時間に帰宅してきたら、何も食べるものがない。望月は、たまに連絡なしにひょいと帰ってくることもあるので、そんな時は何もなくて困るのだった。

佳那は迷った挙げ句、予定を聞こうと望月のポケットベルに連絡した。すると、すぐに家の電話のベルが鳴った。今日はなぜか反応が早い、と訝《いぶか》しく思いながら、佳那は受話器を取った。いつもなら、数時間後に連絡がくることもざらだった。

「もしもし、昭《しょう》ちゃん？　わざわざごめん」

「いや、俺も今ちょうど電話しようと思ってたところなんだよ」

「すごい偶然やね」

「佳那、これから銀座に出てこないか?」

「えっ、銀座?」

銀座には、望月と一度行ったきりだ。もう一度行きたいと思っていたところだから、思わず声が弾んだ。

「今、ちょうど山鼻さんが上京してきてて、佳那も一緒に食事をしよう、と誘ってくれたんだ」

佳那は逡巡《しゅんじゅん》した。望月が本社の国際部に異動できたのは、須藤や山鼻をはじめとする九州の特A客を摑《つか》んで、驚くほどの利益をもたらしたからだ。それで希望の部署に異動できた。

しかし、山鼻がヤクザだと聞いて、佳那は内心、恐怖心を抱いていた。美紀に対する嫌がらせが、その手の人間によってなされているのではないかと思っているからだ。もしかすると、恨みを抱いた須藤が、山鼻に頼んだのではないかと疑っている。

だが望月は、山鼻に金を融通してもらったこともあるらしく、十全の信頼を置いているようだ。確かに、このマンションも、望月が頭金を現金で支払ったというので佳那は驚いたのだった。

「うちなんかが行ってよかね?」

「いいよ。山鼻さんが結婚のお祝いをしたいと言ってる」

「じゃ、どこに行けばいいの」

「佳那にもわかるところがいいな。銀座三越のライオンの前で待ち合わせようか。六時半に来て」

望月はそれだけ言うと、そそくさと電話を切ってしまった。

六時半少し前、佳那が銀座三越の前に着くと、すでに望月は煙草を吸いながら待っていた。

「ごめん、待った？」

佳那が手を振ると、望月が佳那の装いを一瞥した。

山鼻と食事と聞いたので、佳那は手持ちの中から一番高いけれども、無難な服を着て出てきた。紺色の麻素材のワンピースに、模造パールのネックレスを着けている。靴とバッグは黒で地味だ。

「この格好でよか？」

望月の視線を感じたので、一応訊《たず》ねてみる。

「もっと高いのを買った方がいいな」

望月は服のセンスはないが、ものの値段だけは見抜くことができるらしい。望月のスーツやネクタイは、いつも佳那が選んでやっているのにこう呟《つぶや》いたので、佳那は少しむっとした。

「じゃ今度、銀座で買ってよ」

「いいよ」

「約束だよ」

佳那は山鼻と会う不安も忘れて浮き浮きし、望月の腕に自分の腕を絡めた。平日の宵《よい》に、夫と待ち合わせなどしたことがないから、嬉しかった。望月はタクシーを拾うと、「六本木」と告げた。

「六本木のどこに行くと？」

六本木という地名は、享楽の土地ということで、今や全国的に有名になりつつあった。佳那も福岡にいる時から、東京に行ったら、ディズニーランドと六本木のディスコに行きたいと願っていた。

「ステーキハウスだって」

望月は、ポケットからメモを取り出して眺めながら答えた。

「ステーキハウスね」

佳那は口の中で呟き、陽が傾いてネオンが瞬き始めた東京の夜景に目を奪われていた。

山鼻が招待してくれた店は、タクシーの運転手も迷う、六本木でも奥まった住宅街のようなところにあった。瀟洒《しょうしゃ》な住宅を改造したような店で、客は皆、贅沢な身形《みなり》をした洒落《しゃれ》た男女ばかりだ。佳那は気後れして、望月にくっついて歩いた。望月もさすがに気圧《けお》されているらしく、動作が硬い。

中年の丁重なウエイターに案内されたのは、奥まったところにある個室だった。望月が先に入ると、先客が立ち上がったのが見えた。

「久しぶりだね、望月さん」

立ち上がったのは、五十歳くらいの物腰の柔らかな男だった。痩身でよく陽に灼《や》けており、中の金鎖を見せつけるように白いシャツの胸元をはだけている。そして、横には若い女がいて、おとなしげに目を伏せていた。

「どうも、山鼻さん。おかげさまで本社に異動になりました。山鼻さんとの取引のおかげです」

「何を言ってるの。俺の方も、望月さんの運で引っ張ってもらったよ。感謝してる」

二人が握手を交わしているので、佳那は傍らで俯《うつむ》いていた。

「こちらが奥さん？」

山鼻が佳那に向き直ったので、佳那は顧客にするように丁寧に自己紹介した。

「初めまして。いつも望月がお世話になっております。家内の佳那です。よろしくお願いいたします」

「さすがに、望月さんだけあるね。若いのにしっかりした奥さんじゃないの。綺麗だし、可愛らしいし、これはでかしたね」

山鼻が褒めちぎるので、佳那は恥ずかしくて堪《たま》らない。想像と違って、山鼻が怖くないことが意外だった。

「まあ、お二人とも座ってください。しばらく東京にいるので、今日は結婚のお祝いだ。シャンパン飲みましょう」

「ありがとうございます」

望月が感に堪《た》えたように礼を言う。無理もない、と佳那は思った。これまで、どうして山鼻のようなヤクザ者と関係を持つのだろうと心配していたが、山鼻はまったくそうは見えなかった。むしろ、芸能人のような華やかさと心配りがあって魅了されそうだ。

「あ、これは東京の彼女」

山鼻が笑いながら、横に座っていた女を紹介した。女は立ち上がって、ぎこちなく挨拶した。

「美蘭《みらん》です。こんばんは」

佳那と同年か、その下か。美蘭はボディコンの白いミニドレスを着ていた。形のよい太腿が、半分以上は露《あら》わになっている。前髪を揃えて、長い髪をさらりと流していた。

「倉田《くらた》には内緒にして」

山鼻が望月の耳にそっと囁《ささや》いたのが、佳那の耳にも聞こえた。倉田というのは、福岡の愛人なのだろう。

「これ、結婚のお祝いです。おめでとうございます」

美蘭が鼻にかかった声で言い、いきなりテーブルの下から大きな箱を出した。反射的に受け取ったものの、HERMÈSというロゴの付いたリボンが結んであるので驚いた。

「これ、私に、ですか？」

「そう、奥さんに。開けてごらん」

山鼻がにこにこしながら言う。おそるおそるリボンを引いて蓋《ふた》を開ける。中から出てきたのは、鮮やかなブルーのケリーバッグだった。

「これは」

つい先日、女性誌で見たばかりだった。

「そう、ケリーバッグです。羨《うらや》ましいわ。私も欲しい」

美蘭が大袈裟に恨めしそうな顔をしてみせた。望月だけが一人、わけがわからないという顔をしている。女の持ち物になど、まったく興味も関心もない望月が、ケリーバッグの価値を知るはずがなかった。

「ねえ、これ、高いの？」

山鼻に聞こえないように、こっそり佳那の耳許で囁くので、佳那は目立たないように頷いた。こんな子供っぽい真似をする望月が、どうして山鼻のような危険な男に気に入られ、一人前に株の世界でやっていけるのか、信じられない思いもある。

「ともかく乾杯しよう。望月さん、結婚おめでとう」

山鼻がピンク色のシャンパンが入ったグラスを高く掲げたので、佳那も慌ててグラスを持ち上げた。

「ありがとうございます」望月が上気した顔で答えた。「佳那にまで高価なプレゼントを頂いて、ほんとに恐縮です。山鼻さんがおおいに儲けますよう、これからも頑張りますんで、よろしくお願いします」

「頼りにしてますよ。望月さんの運についていきますから」

山鼻が、望月とカチンとグラスを合わせた。

「運についていく、だって。すごーい」

美蘭が、鼻先に皺《しわ》を寄せて可愛らしく笑った。佳那も釣られて微笑んだが、内心では、望月が損をさせたらどうなるのだろうという怖れもあった。『望月さんの運がどこまで保つか、あんたが見届けてやんなさい』と、まるで呪いのような浅尾の言葉も蘇る。

「さあ、バブルの波に乗ってどこまでいけるか。とはいえ、そんなにいいことが続くわけがないよな」と、独り言のように呟きながらも、山鼻は楽しそうに笑った。「でもね、この世はすべて遊びなんですよ、遊び」

その言葉を聞いて、佳那は少し安心した。杞憂《きゆう》に過ぎないのだったらそれでいい。佳那はシャンパンをひと口飲んでみた。結婚式では緊張で口も付けられなかったから、生まれて初めて飲むシャンパンだ。口中で細かい泡が弾けて、微《かす》かな甘みと苦みが広がった。

「おいしい」

思わず口にすると、山鼻が聞きつけて世辞を言う。

「さすが、望月さんの奥さんだ。若いのに、美味しいものがわかるね」

美蘭が負けじと言う。

「美蘭もこれが一番好き」

「贅沢だな。おまえなんか、ホッピーで充分だよ」

山鼻がからかったので、美蘭が美しく描かれた眉を寄せた。

「ホッピーって何よ」

「ホッピーも知らないのか。これだから、若いヤツと付き合うのは大変なんだよな」

そう愚痴った山鼻は、望月たちも美蘭と同じ年頃だと気付いたのか、苦笑いをした。望月は二十五歳、佳那は二十三歳。美蘭はおそらく佳那より年下であろう。

「ねえ、佳那さん。今からケリー使ったら？　中身取り替えちゃいなよ」

美蘭の思いもかけない提案に、佳那は驚いた。確かに、自分が持っているバッグは革製だけれど、岩田屋のワゴンセールで買った一万円もしない安物だ。このレストランでは、あまりにも見劣りするので恥ずかしかった。以前に比べれば、懐は格段に豊かになったものの、佳那の持ち物は相変わらず質素だ。

こんなところでバッグを取り替えるなんて、山鼻に何か言われないだろうか。佳那がそっと山鼻の方を窺《うかが》うと、山鼻は望月に何か相談をしている最中だった。望月は手帳を取り出して、何やら書き付けている。

「ねえ、早く使いたいでしょう。佳那さんがケリー持ったとこ、美蘭も見たい」

美蘭にねだられ、佳那はテーブルの下で、エルメスのオレンジ色の箱を再び開けた。重みのある、しっとりした革の手触り。美しいブルーの発色。自分では買えない高価なバッグが、思いもかけず自分のものになった戸惑いがまだ残っている。

しかし、バッグを開いて中に詰まっている薄紙を取り出した時、言いようのない喜びが湧いてきた。

美しいものは高価だ。高価なものは美しい。

この単純な真理が、高価で美しいものを自分のものにした時に、やっと身内に入ってきたような喜びを感じる。この真理と、もっと同化したいと思う。

財布や化粧ポーチなどの中身をケリーバッグに入れて、古いバッグをエルメスの箱に仕舞《しま》うと、古い自分もその箱の中に片付けたような気がした。

「ちょっと腕に提げてみて」

美蘭の言いなりになって、腕に提げる。バッグは思いの外、重かった。

「似合うよ」

美蘭が胸の前でぱちぱちと手を叩く。その華奢《きやしや》な手首にはロレックスが光り、両方の手にはゴールドの指輪。自分の着けてきた、模造パールのネックレスが野暮ったく感じられる。すると、佳那の心を読んだように美蘭が言った。

「佳那さんは綺麗だし、スタイルもいいんだから、服もメイクも、もっと派手なのが似合うと思うよ」

「そうかしら。そんなこと言われたの、初めて」

「絶対にそうだよ。もったいないって。今度、一緒に買い物行こうよ。美蘭が選んだげる」

「ほんと？　ありがとう」

いつの間にか、標準語で話している自分がいる。なるべく客に近付けるようにと、懸命に地元の博多弁で喋っていたが、東京に来たら、まるで古くなった衣を脱ぎ捨てるように忘れてしまいそうだ。

シャンパンの後は白ワイン、メインのステーキに合わせた赤ワインを飲む頃には、佳那も酔っていた。デザートのアイスクリームを食べた後、美蘭が山鼻にねだった。

「ねえ、ディスコに行こう」

「ディスコ？　若いヤツは元気だなあ」

しかし、まんざらでもなさそうだ。若くて綺麗な女を自分のものにしている、という自慢が滲《にじ》み出ていた。

「その前に、トイレ行こう」

美蘭に誘われ、佳那は連れだって店のトイレに入った。中は広く、インテリアは豪華だった。黒い壁一面に金色の縁の鏡が張られている。佳那は、その鏡にケリーバッグを持った自分を映してみた。

「うわー、素敵」

美蘭が佳那の腕に腕を絡めて囁いた。

「佳那ちゃん、仲良くなろうよ」

美蘭は酔っているらしく、舌足らずな口調で言う。だが、まだ東京に来て、友達らしい友達もいない佳那は嬉しかった。

友達といえば、水矢子《みやこ》は昨年暮れに退職して一月に上京して部屋を借り、念願の大学受験をした。結果、志望校には受からず、第三志望の女子大に通うことになった。受験に失敗したことに、水矢子は相当なショックを受けたようだ。

東京本社に転勤になったので浦安にマンションを買った、会いたいから、是非遊びに来てほしい、と書いた佳那の手紙に、水矢子は十日も経ってから、返信を寄越した。

手紙は、何の変哲もない縦型の白い封筒に入っていた。よくある便箋に、黒のボールペンで筆圧強く書かれている。まるで、遊び心などを峻拒《しゅんきょ》している水矢子の精神を表しているかのようだった。ちっとも変わらない水矢子を好ましいと思いながらも、水矢子は東京の水に合うのだろうかと、佳那は少し不安を覚えたのだった。

望月佳那様

ご無沙汰しています。お手紙ありがとうございます。

まずは、ご結婚おめでとうございます。

結婚式に出られなくて申し訳ありません。

志望校に落ちたので、これからどうしようかと迷っていた時期でした。もう一年浪人するのも嫌ですし(私はもう二十歳です)、といって、このお気楽な女子大に通うのも躊躇《ためら》われ、いっそ東京で就職してしまおうか、いや、それではこの二年間が何のためにあったのかわからない等々、悩んでいました。

いまだ結論も出ていませんが、とりあえず入学金を納め、女子大には通っております。

でも、キャンパスで楽しそうにしている年下の同級生を見るにつけ、孤独を感じる日々です。

私の高校時代の友人は皆、偏差値の高い共学の四年制大学に受かり、充実したキャンパスライフを送っている様子です。

そんなことを見聞きすると、どうして自分はこんな女の子だらけのところに甘んじているのだろう、こんなはずではなかった、と焦るのです。

佳那さんもご存じの通り、私は優柔不断のところがありますので、半年くらいはうじうじ悩んでいるのかもしれませんね。

自分のことばかりで申し訳ありません。

ところで、望月さんはとうとう、念願の東京本社の国際部に異動されたのですね。

有言実行と言いますが、まさに望月さんの宣言された通りにことが進んでいて、何とすごいことだろうと感心しました。

浦安に越されたとのことですが、佳那さんの好きなディズニーランドも近くですし、東京からも近いようですから、よい立地なのではないでしょうか。

今度、遊びに伺わせてください。佳那さんに聞いて頂きたいお話も溜まっていますので、是非、聞いてください。

では、お体に気を付けて。

望月さんによろしくお伝えください。

伊東《いとう》水矢子

水矢子は変わらないようで、変わったと思う。それは、水矢子が金が足りないと夜の街にバイトに出た頃からではないか。意に沿わない経験をしたことによって、水矢子の何かが損なわれたのではないか。そんなことを考えていると、美蘭にどんと肘《ひじ》で突かれた。

「佳那ちゃん、何考えているの」

「何も」

「嘘。何か悩んでいる風に見えた」と、顔を顰《しか》めてみせる。「こんな顔して」

美蘭は、佳那が戸惑うほど親しげで開けっぴろげだ。多分、バーのホステスか、キャバレーででも働いているのだろう。まるで水の中を泳ぐ魚のように、自由で気楽そうに見える。

「ねえ、ディスコ、どこに行きたい？　この近くでいい？　それとも赤坂方面？」

「私、一度も行ったことないから、どこでもいいよ」

鏡越しに、美蘭の顔を見ながら話す。すると、美蘭がいたずらっぽく言った。

「佳那ちゃんて、ちょっと訛《なま》ってるじゃん。それが可愛いね」

「訛ってる？」

標準語がすらすらと出ていると思っていたのに、隠しようのない田舎者という烙印《らくいん》を押されたみたいで、ショックだった。

「うん、ちょっと発音が違う。でも、それがチャームポイントだからいいじゃん」

美蘭が口紅を塗り直しながら、佳那の顔を見遣った。

「そうかな」

「うちの店で、すごく綺麗でカッコいいんだけど、ちょっと訛ってる子がいたの。本人はそれを恥ずかしがってたけど、人気があって、いつの間にかナンバーワンになっちゃった。そしたら、堂々と訛ってた。だから、佳那ちゃんも人気出るよ」

美蘭がポーチに口紅を仕舞いながら、笑いかける。美蘭は慰めているつもりらしい。でも、佳那は、店に出るわけではないのにいったいどこで人気が出るのだろうと、可笑《おか》しかった。

席に戻ると、山鼻と望月がブランデーを飲みながら、話し込んでいた。

「国際部に行くって、望月さんは英語喋れるの？」

「喋れませんよ、そんなの」

「よくもまあ、国際部なんかに行くね」

「違うんですよ。僕は日本の金持ちの海外投資や、相続税の節税なんかを手伝う仕事をするんです。山鼻さんにも、いずれお願いにあがります」

「俺なんか、たいしたことないだろう」

「そんなことないですよ。九州では五本の指に入りますよ」

「そうかあ」

山鼻が煙草を吸いながら、嬉しそうに口許を歪めた。そして、横に立って待っている美蘭の方をちらりと見上げた。美蘭が待ってましたとばかりに、腕を取る。

「早く行こうよ」

腕を引っ張られた山鼻が、いやいや立ち上がった。

「望月さん、これと付き合ってディスコ行ってみますか？」

望月が佳那の顔を見るので、佳那は大きく頷いてみせた。

「奥さんも行きますか？」

「ええ、行きたいです。一度も行ったことないですから」

素直に答えた。

「じゃ、社会見学ですね」

こうして四人は店の外に出た。払いはもちろん山鼻である。

山鼻の車を待つ間、望月が小さな声で訊いた。

「このバッグ、いくらくらいするんだ？」

「詳しくはわからないけど、五十万くらいじゃないかな。いや、もっとするかも。百万くらいかも」

「参ったな」

「どうして」

「あの美蘭て子に、同じくらいの物を贈った方がいいだろうか」

望月が気弱そうに、美蘭の方を見て言う。美蘭は山鼻と腕を組んで、楽しそうに話していた。山鼻はそんな美蘭が可愛いと見えて、上機嫌だった。

「うちにはそんなお金ないよ。それに、エルメスって、予約しないと買えないらしいよ。二年待ちとか、書いてある」

望月はよほど驚いたのか、目を剝いてみせた。その様を見ながら、自分たちは東京では世間知らずの田舎者なのだ、と佳那は思った。

六本木交差点のすぐ近くに、目当てのディスコはあった。入り口で服装などのチェックがある。佳那は自分の服装がダサいから通されないのでは、と心配だったが、美蘭が腕を組んでくれたので何の問題もなかった。佳那は、ケリーバッグを見せつけるようにして暗い店に入った。

暗いのは入り口付近だけで、すぐに大音量とレーザービームの明滅に晒《さら》されて、佳那は立ち竦んだ。フロアでは、大勢の人間が、その中で蠢《うごめ》いていた。

「すっげえ」

横に立った望月の呟きが耳に入った。佳那は望月と二人、フロアの喧噪《けんそう》に圧倒されて、しばらく立ち竦んでいた。

ふと気付くと、山鼻も美蘭もいない。二人であたりを見回していると、スーツを着たサラリーマン風の男が二人そばに来て、音に負けないように耳許で怒鳴った。

「望月さん、山鼻さんたちは二階でお待ちです」

二人とも地味なスーツを着た中年男で、ディスコにはそぐわない風体をしている。山鼻の付き添いだろうか。この姿でよく入り口で断られなかったものだと佳那は思ったが、店側も何となく山鼻の正体がわかって容認しているのだろう。

男たちに案内された部屋は、フロアを見下ろす場所にある小部屋で、防音されているらしく、音もそれほど響かない。

「佳那ちゃん、こっちにおいでよ」

白いソファにだらしなく寄りかかった美蘭が手招きするので、佳那は隣に座った。望月は、もうひとつのソファに腰掛けている山鼻の横に、かしずくように腰を下ろした。

「ここＶＩＰルーム。特別な人しか入れない、特別な部屋なんだよ」

美蘭が、佳那に囁いた。美蘭は、山鼻と一緒にいると特別扱いされるのが嬉しいらしい。浮き浮きした様子で、フロアから響いてくる音に体を揺らしている。

フロアでは、たくさんの男女が踊っていた。照明が暗い上に、レーザービームが走っているので、どんな踊りをしているのかはよくわからない。だが、大勢の男女がうねるように動いているのを見ていると、そのエネルギーに目眩《めまい》がするようだった。

「さあ、乾杯するよー」

美蘭が叫んだ。ここでも、ピンク色のシャンパンの栓が抜かれた。佳那は美蘭と目を合わせながら、一気に飲み干した。シャンパンという酒は美味しい、と心から思う。

美味しいものは高い。高いものは美味しい。

ここでも単純な論理が、すっと体の裡《うち》に入った思いがした。

「奥さんはいける口だね」

山鼻が目を瞠《みは》り、佳那の空になったグラスに、再びなみなみとシャンパンを注いでくれた。

「ありがとうございます」

また、ひとくち口に含んだ。

「シャンパン、うまいでしょ?」

山鼻に問われたので、「うまかー」と、ふざけて言うと山鼻が爆笑した。

「面白い奥さんだね。佳那さんだっけ?」

「そうです」

「佳那さん、こいつと仲良くしてやってくださいよ」山鼻が美蘭を指差した。「私は年に何回かしか東京に来れないんでね。一人で寂しがってるから、遊んでやって。よろしくお願いしますよ」

「はい、わかりました」

酔ったせいで、調子よく頷く自分がいる。すると、美蘭が両手を上げて万歳した。

「嬉しい。佳那ちゃん、大好き、大好き」

「私も美蘭ちゃん、大好き」

ふざけて大袈裟に抱き合うと、山鼻が笑った。

「よかったなあ、美蘭。いい友達ができて」

「うん」

美蘭が幼児のように大きく頷いた。ミニドレスがめくれ上がって、太腿の奥まで見えそうだが、まったく頓着していない。ヒールの高いサンダルを履いた白い素足が美しかった。佳那は、自分の肌色のストッキングが恨めしくなった。ダサい。今後は穿《は》かない、と心に決める。

「話には聞いてましたけど、ディスコには初めて来ました。山鼻さんが誘ってくれなかったら、なかなか来れなかったと思います。ありがとうございます」

望月が山鼻に礼をしたので、佳那も望月と一緒に頭を下げた。

「いいから、いいから。堅苦しいの、抜き」

山鼻が磊落《らいらく》に手を振る。

「佳那ちゃん、踊りに行こうよ」

美蘭が手を強く引くので、佳那はケリーバッグを望月に預けて立ち上がった。本当に踊るのか、と望月が驚いたように自分の顔を見た。望月も、佳那があまりに場にそぐわない格好をしているので、心配しているのだろう。

「うん、踊るばい」

佳那は、これが最後だと思いながら、わざと博多弁で答えた。

「踊るばい、か。いいねえ」

笑い転げる山鼻に愛想笑いで応える望月を横目で見て、佳那は美蘭とともにVIPルームを出た。

フロアに入った途端、美蘭は泳ぐように踊りながら、人混みを掻き分けるようにしてどこかに行ってしまった。慌てて後を追うも、長い髪がちらりと見えただけで、あっという間に、うねる人の波に消えてしまった。佳那が頼りない思いで、一人体を揺らしていると、横で踊っている男が話しかけてきた。

「ねえねえ、彼女。フィーバーしてる?」

その軽薄な言葉に寒気がしたが、同時に笑って返す自分もいる。軽薄だからこそ、楽しいのだ。深いことなんか、何ひとつ考えなくてもいい。そうだ、これからは楽しく生きようと思った佳那は、うん、と頷いた。

VIPルームの方を見上げると、ガラス越しに、心配そうに見下ろしている望月が見えた。蠢く人の波から、自分を見つけようとしている。佳那は思い切り手を振って叫んだ。

「昭ちゃん、ここにいるよー」

だが、望月は気付かない。怒鳴っても、誰にも聞こえない。下手な踊りをしていても、ダサい肌色ストッキングを穿いていても、誰も見てないし、気にしてない。最高に幸せだ、と佳那は思った。

適当に体を揺らしているうちにだんだん楽しくなってきて、佳那は汗びっしょりになるまで踊った。DJが現れたのを機に、VIPルームに戻る。そこでは、ほとんど酔い潰れそうになった望月が一人で佳那を待っていた。

「佳那、遅いよ」と、回らぬ舌で言う。

「あれ、山鼻さんたちは？」

「今、帰った」

急に祭りが終わったような寂しさを感じて、正気に戻った。

「ごめん。ねえ、昭ちゃん、ここの払いは？」

「山鼻さんが済ませた」

「じゃ、私たちも帰ろう」

酔った望月の腕を取って部屋の外に出ると、山鼻の付き添いが一人残っていた。

「最近はタクシーもつかまらないので、予約しておきました」

「すみません」

タクシーが止まってくれないので、羨ましそうにこちらを眺めている客たちを尻目に、店の前で待っていたタクシーに乗り込んだ。男は古いバッグの入ったエルメスの箱と、タクシーチケットを渡してくれた。

「山鼻がこれを使ってくれ、ということです」

至れり尽くせりだ。山鼻には何と礼を言っていいかわからない。座席にもたれて目を瞑《つむ》っている望月の代わりに、佳那は頭を下げた。

「山鼻さんにお礼を伝えてください。ありがとうございました」

いえ、と男は素っ気ない顔で頭を振った。

都心から浦安までタクシーで帰る、なんて贅沢をしたことはなかった。帰る道すがら、佳那は今夜のことを思い出して身震いした。エルメスのケリーバッグ、六本木のステーキハウス、ディスコのVIPルーム。可愛い美蘭。

すべてが初めての経験だった。そして、佳那はその経験に、今まで感じたこともないほどの激しさで魅了されていた。

「佳那」

首都高を走るタクシーの中で、寝ていたとばかり思った望月がいきなり口を開いたのでびっくりした。

「何？」

「俺たちさ、あんなに山鼻さんと親しくして、大丈夫かな」

「大丈夫って何が？」

望月が言いたいことはわかっていたが、佳那はとぼけた。それは、以前、自分が心配していたことだ。

山鼻は紳士的で気前がよく、自分たちのような若造にまで気を遣ってくれる。だが、それは物事がうまくいっているからであって、ひとたび望月が投資に失敗して大損をさせたら、山鼻はどう出るのだろうか。ヤクザだと聞いているからこそ、その反応が想像できないのだった。

「きっと大丈夫だよ」

佳那は隅田川の黒い水を見ながら答えた。望月が回らぬ舌で必死に言う。

「だってさ。今日びっくりしたよ。佳那にくれたバッグ、すごい高いんだろう。あと食事だってディスコだって、バッグとかと合わせたら百万近く遣ってるよ、あの人。俺、そんなに儲けさせられるか心配になってきた。もし、失敗したらどうしよう」

佳那はタクシー運転手の耳を気にして、小声で囁いた。

「だって、NTT株とか、すごく儲けさせてあげたんでしょう？」

「だけど、俺もお裾分けもらった」

「どのくらい」

「四千」と、言ったように聞こえたが、声が小さくてよく聞こえなかった。佳那は聞かなかったことにしようと、ケリーバッグを抱き締めた。

翌日、二日酔いの望月は、青い顔をして定時に出勤していった。佳那は二度寝してから、家事を済ませた。その後は何もすることがない。

昼食後、ソファに寝転んで女性誌を眺めていた。エルメス特集の記事があったので舐《な》めるようにして読んでいた時に、電話がかかってきた。

「もしもし、佳那ちゃん？　あたし、美蘭」

思いがけなかったので、佳那は喜んだ。

「あ、昨日、ありがとう」

「それよっか、先に帰ってごめんね。山鼻さんが帰るって言って聞かなかったの」

「タクシーまで用意してもらってすみませんでしたって、言っておいてね」

「うん。ところで、ケリーは元気？」

バッグを擬人化しているので、佳那は思わず笑った。

「元気だよ」

電話番号をどうして知ったのだろう。すると、美蘭の方から種明かしをした。

「山鼻さんに聞いて、望月さんの会社に電話したの」

「あら、望月いました？」

「いたよ。頭が痛いって言ってた」美蘭が笑う。「飲み過ぎたんだね。だって、あたしたちが踊ってる時に、二人でウィスキー一本飲んだって」

そんなに飲んだとは知らなかった。道理で、今朝は具合が悪そうだった。

「ねえねえ、今日会わない？」

美蘭が浮き浮きした声で言う。

「いいけど。どこで？」

退屈していたから、声が弾んだ。

「私のうちに来ない？」

どうせ望月は夜遅いに決まっている。午後から深夜近くまで、佳那は一人きりだった。

「いいよ。どこに行けばいいの？」

「あたしのマンションは青山なの。だから、青山三丁目の交差点で電話くれたら迎えに行くから。一緒にご飯食べよう」

「いいよ」

「望月さん、佳那ちゃんが、あたしとご飯食べたって言ったら怒るかな」

「平気よ。最近、全然うちで食べないの」

「よかった。じゃ、三時くらいね」

青山も、女性誌によく登場する地名だった。素敵なブティックや店がたくさんあるという。昨夜の続きがまた始まりそうで、佳那はすでに浮き立っている。

前髪をカールして、化粧を念入りにした。肩パッドの入った青いワンピースは、結婚披露宴のために買った服だ。美蘭の真似をして、素足にサンダルを履き、ケリーバッグを持つ。

玄関を出ようとした時に、電話が鳴った。美蘭からかと思って、急いでサンダルを脱ぎ捨てて、リビングにある電話に出た。

「もしもし、今出るところ」

「あのう、望月さんのお宅ですか？」

聞き覚えのある声が、戸惑ったように訊ねる。

「はい、そうですが、どちら様ですか？」

「私、伊東水矢子です」

あっ、と思わず声が出た。水矢子は受験のために、十二月に会社を辞めて上京したから、ほぼ半年ぶりにその声を聞いた。

「みやちゃん？　懐かしいわ。今、どこにおると？」

反射的に、捨てたはずの博多弁が飛び出した。

「下宿のそば」

水矢子が嬉しそうに答える。

「みやちゃんの下宿はどこだっけ？」

あの封筒の裏書きに何と書いてあったっけ。思い出しながら、訊ねる。

「沼袋《ぬまぶくろ》ってところです。中野区。西武新宿線です」

東京の土地勘がまだない佳那は首を傾《かし》げた。

「そう。そこって浦安から遠いんでしょう？」

「そうですけど、今度遊びに行かせてもらおうかなと思って電話しました」

水矢子が遠慮がちに言う。

「いいわよ、来てよ。週末なら望月もいるから」

「ありがとうございます。じゃ、来週くらいでもいいですか？」

「いいわよ」

「あのう、佳那さん、お変わりないですか？　私は手紙に書いた通りで、何か落ち込んでて」

そうは言っても、久しぶりに佳那と話せた水矢子は嬉しそうだ。

「うん、何か辛《つら》そうな手紙だったね。心配してたの」

「ありがとうございます。佳那さんと会いたいです」

「うん、私も」

「実は今度、下宿を引っ越そうかと思ってるんです」

「どうして？」

「いろいろあって」

話が長くなりそうだったので、佳那は遮《さえぎ》った。

「みやちゃん、今出かけるところなのよ。だからまた電話くれる？　ごめんね」

「あ、はい。わかりました」

失望が滲み出ているような気がしたが、佳那は電話を切った。

佳那は外苑前《がいえんまえ》駅の出口階段を上りながら、途中で立ち止まった。

素足に履いたサンダルのバックストラップが、踵《かかと》の上部に擦《す》れて痛い。見ると、両足とも赤くなって擦り剝けている。

知らない街だから、薬局はすぐに見付からないだろう。美蘭に絆創膏をもらいたいが、あの若い美蘭が、そんな備えをしているようには思えない。

その時、不意に水矢子のことを思い出した。水矢子はいつもバッグにポーチを忍ばせていて、その中にはポケットティッシュと絆創膏はおろか、生理用品や裁縫セットまで入っていた。万事において慎重で、抜かりない優等生のような水矢子に、佳那は何度助けられただろうか。紙で手を切った時、手早く巻いてくれた絆創膏。出先で急に生理になって困った時、水矢子はそっとポーチごと渡してくれた。はたまた、トイレで手を洗ってハンカチを探している時に、タイミングよく差し出されるハンカチ。

上京して、まだ半年なのに、水矢子はどうして引っ越しを決意したのだろう。東京の水が合わないのか。水矢子から電話がかかってきたのは初めてだったのに、佳那は慌ただしく切ってしまったことを、今さらながらに後ろめたく思った。

佳那は脚を引きずるようにして急な階段を上り、地上に出た。大勢の人が歩道を忙《せわ》しげに歩いている。片側三車線はある広い通りを、渋滞した車がぎっしりと並んでいた。

佳那は滞留する排気ガスの臭いに閉口したが、同時に都会の活気に浸る喜びも感じていた。東京。こんな大都会で楽しく暮らしている人がたくさんいる。自分もその中の一人になれた、という喜びは何にも代えられなかった。

靴擦れが痛いので、サンダルのバックストラップを外して歩きたかった。だが、高価なバッグを持っているのだから、と佳那は我慢して歩き続けた。

青山三丁目の交差点には、ベルコモンズという茶色のビルが建っている。佳那は、その洒落た外観に誘われるように中に入り、公衆電話を探した。真っ赤な口紅を塗った店員に電話のある場所を教えてもらい、早速、美蘭の番号に電話する。

「もしもし、美蘭です」

美蘭が待っていたかのように、すぐに出た。

「佳那です。着きました」

「佳那ちゃん、案外早かったね」美蘭が可愛い掠《かす》れ声で嬉しそうに言う。「今、どこにいるの？」

「ベルコモンズってところです」

「ベルコモンね。迎えに行くから、動かないでそこで待ってて」

「はい。あ、美蘭ちゃん」

絆創膏があったら持ってきてほしいと頼むつもりだったのに、電話はすぐに切れてしまった。仕方がないので、佳那はそのまま公衆電話の前で待っていた。だが、十分経っても、二十分経っても美蘭は現れない。こんなに遅いのなら、水矢子の話をじっくり聞くんだったと悔やまれる。もう一度電話しようかと思い始めた頃、やっと美蘭が来た。

「佳那ちゃん、ごめんね。遅くなって。お部屋掃除してたの」

申し訳なさそうに謝るが、にこにこ笑っているので憎めない。

「いいのよ、今日は電話ありがとう。嬉しかった」

美蘭が目を瞠って、佳那の格好を見た。

「すごい、佳那ちゃん。お洒落してきたんだね」

そう言う美蘭は、ジーンズにTシャツというラフな格好だ。スタイルのいい美蘭に、ジーンズが似合っていた。青山だからと、張り切り過ぎたかもしれない。佳那は入れ込んだ自分が恥ずかしくなった。

「いいじゃん、可愛いよ。その格好、バッグに合ってる」美蘭が、佳那の持つケリーバッグに触った。「昼間見ると、すごくいい色だね」

「持ってると、何か嬉しくなるの。バッグひとつでこんなに気分が変わるなんて思わなかった」

佳那が正直に言うと、美蘭が頷いた。

「佳那ちゃんは綺麗だから、エルメスの雰囲気に合ってるよ。これからケリーとかバーキンを集めたらいいのに」

「だって、エルメスは高いでしょう?」

「高いから、集め甲斐があるんじゃん。この世は見栄だよ、見栄でできてる。エルメス持ってたら、みんなが尊敬の目で見るよ」

若い美蘭が、『この世は見栄だよ、見栄でできてる』と言い切る様は、いっそ清々《すがすが》しく感じられた。

「じゃ、行こうか」

美蘭はさっそうと前を行く。靴擦れのできた佳那は、ついて歩くのが辛かった。途中で、とうとうサンダルのバックストラップを外し、両の踵で踏んで歩いた。見栄を張り切れなかった自分が、情けなかった。

美蘭の住まいは、青山通りを渡って外苑西通りを少し下り、右に曲がった路地奥に建っているマンションだ。新しくはないが、何と言っても場所がいい。佳那は青山に住む美蘭が羨ましかった。ディズニーランドがそばにあるから、と浦安に憧れた自分が、急に子供じみて感じられる。ミニーの縫いぐるみなんかたくさん持っていても、見栄なんか張れないのだ。どころか、馬鹿にされるだろう。

「ここの三階なの」

美蘭がエントランスに入って、上階のあたりを指差した。

エントランスの横にある管理人室には中年の管理人がいて、ガラス窓越しにじろりと二人を見た。

「いい場所だね」

「うん、芸能人が結構住んでるみたい」

芸能人と聞いて、佳那はにわかに好奇心を刺激された。

「例えば誰?」

美蘭はタレントの名前を数人挙げた。佳那は感心して、東京にいることを再び実感したのだった。

美蘭の部屋は、広いリビングと寝室だけの１ＬＤＫだった。リビングは意外に殺風景で、白いブラインドが巻き上げてあり、黒革のソファセットとテレビが置いてあるだけだ。白い壁には、何も掛かっていない。食卓がないので、生活感がなかった。

「あたしの部屋、狭いでしょ」

そうは言っても、美蘭は満足そうに自室を眺め回している。

「一人だったら、ちょうどいいんじゃない？」

佳那の言葉に、美蘭が首を横に振った。

「いや、クローゼットがないから、あとひと部屋欲しいのよ。この上にもっと広い部屋が空いてるのに、山鼻さんケチだから、お金出してくれないの」

ということは、山鼻が家賃や生活費を援助しているのだろう。山鼻のことを何と聞いていいのかわからないので、佳那は黙っていた。

「ねえ、座んなよ」

美蘭がソファを勧めた。キッチンカウンターに、大きなカセットデッキが置いてある。美蘭がカセットテープを入れた。ＷＨＡＭ《ワム》！の「ラスト・クリスマス」が流れる。

「これ、ＷＨＡＭ！だね」

「そう。あたし、ジョージ・マイケルが好きなの。クリスマスソングで、これが一番いいよね」

「私もそう思う」

「季節外れだけどさ」

「でも、いつも聴きたいよね」

「よかった、佳那ちゃんもＷＨＡＭ！が好きで」

二人はハミングしながら、だらだらとお喋りした。

美蘭が缶ビールを手渡してくれたので、佳那は遠慮せずに口を付けた。女友達の家で、昼間から缶ビールをそのまま飲むなんて、初めての経験だった。しかし、美蘭はやることなすこと、すべてが自然体に見えてカッコよかった。

「ねえ、あたしのコレクション見る？」

美蘭に誘われて、寝室に移動する。真ん中にダブルベッドがある他は、キャスター付きのハンガーラックが三つあり、そのどれにも派手な服が掛かっていた。壁に設《しつら》えられた棚には、バッグと靴が綺麗に並べられている。バッグも靴も、どれもがブランド品だった。

これはヴィトンで、こっちがシャネル、上にあるのはエルメスのバーキンで、二年待ちで手に入れた、そのためにパリに何度も行った、と美蘭が説明する。

「すごい」

ブランド好きと言えば、浅尾瞳を思い出す。だが、美蘭の持っている品数はその比ではなかった。これだけ買うのに、いったいいくらかかったのだろう。二十歳そこそこの娘が持てる量ではないように思う。

「集めようと思ってたわけじゃないの。ただ、好きなものを買っているうちに、いつの間にかコレクションになっちゃったの」

「美蘭ちゃんって、いくつなの？」

佳那は思い切って訊いた。

「いくつだと思う？」

美蘭が煙草に火を点《つ》けて、煙を吐きながら佳那の顔を見た。その表情はどこか達観しているかのように老成して見える。実際は自分よりもずっと年上なのではないか、と一瞬思ったが、黙っていた。

「わからない。すごく若いでしょう」

「何言ってんの。あたし、もうババアだよ、二十四だもん。佳那ちゃんには本当のこと言うけど、望月さんには黙っててね。山鼻さんに知られると困るから。山鼻さんは、私のこと二十歳だと思ってるのよ」

「私も思ってた」

佳那は溜息を吐《つ》いた。美蘭は容姿だけでなく物言いも態度も、二十歳前後の女に見えるよう振る舞っていた。そのことも衝撃だったが、自分のたった一歳上でしかないのに、二十四歳をババアと呼ぶ。佳那は、その方がショックだった。もしかすると、もっと上なのかもしれないとも思ったが、そのことを言う勇気はない。

「二十四歳でババアなの？」

「そうだよ。あたしの業界は、そろそろ年増の部類」

「美蘭ちゃんは、どんな仕事してるの？」

「銀座の『ミラージュ』ってお店でホステスやってる」

「山鼻さんとは、そこで知り合ったの？」

「そう。いいパトロンだと思ったけど、あの人、長崎のヤクザなんだってね。道理で垢抜けないと思った。だけど、東京の愛人になっておけば、たまにしか来ないし、お小遣いもくれるし、売上にはなるからいいかと思ってさ」

美蘭は年齢をばらしてから、急にすれた物言いになった。

「今日はお店に行かなくていいの？」

「行くよ。でも、八時までに出勤するから、ここで佳那ちゃんと出前のお鮨《すし》食べてから行く。一人だと出前してくれないからさ。お鮨でもいい？」

近くの洒落た店にでも行くのかと思っていた佳那は、出前と聞いて少し落胆したが、顔には出さずに頷いた。

「もちろん、いいよ」

「佳那ちゃんて、優しいよね。あたし、最初に会った時に気が付いたの。この人、優しいからいいな、好きだなって。それに、山鼻さんが、望月さんのこと、すごく気に入ってるのよね。望月が、望月がって、いつも言ってる。すごく信頼してるみたいだよ。何でも、最近、望月さんが、仕手筋の人と懇意になったんだって？　それで、さらに望月さんにくっ付いていったら儲かると思ってるのよ。だから、佳那ちゃんにもケリーバッグ贈ったり、最大のもてなしをしてるつもりなのよ。あたしが佳那ちゃんと仲良くなったのも、すごく喜んでる」

なるほど。そうだったのか。しかし、望月が仕手筋と知り合ったとは、聞いていなかった。最近、帰りが遅いとは思っていたが、その手の人間たちと交流しているのか。

佳那は一抹の不安を覚えたが、一方では、望月がうまく立ち回れば、自分たちも儲かって、青山にマンションのひとつも買えるようになるかもしれない、とも考えている。まさか、福岡にいた頃は、自分がこんなことを考えるようになるとは思ってもいなかった。

「仕手筋のこと、知らなかった？　余計なこと言ったかしら」

美蘭が心配そうに訊ねる。

「うん、知らなかった。でも、教えてもらってよかった。最近、望月は仕事の話しないのよ」

「だって、一緒に証券会社で働いてたんでしょう？」

「そう。でも、私は結婚して辞めちゃったから」

「何で辞めたの。佳那ちゃんが専業主婦って、なんか似合わない」

「主婦になりたかったわけじゃないの。望月がそうしてくれって頼んだからなの」

「へえ、佳那ちゃんて、ダンナの言うこと聞くんだ」

「言うこと聞いてるわけじゃないけど、折れたのよね」

そう答えながら、言うことを聞くのと、折れたのとは、どこが違うのだろうと考えている。いつの間にか、望月にすべてを委ねたような気になっていた。

「でもさ、毎日暇だから、ディズニーランドでバイトしようかと思ったの」

とうとう心情を吐露すると、美蘭が叫んだ。

「うわー、それはもったいないよ。ディズニーランドなんかじゃなくて、株をやればいいのよ。望月さんという強い味方がいるんだからさ」

美蘭は空になったビールの缶を、両手で押し潰した。望月はおそらく、自分でも株をやって儲けている。が、その額を自分には言わないだけなのだ。自分は望月と同じ舟に乗ったのだから、その舟が沈まないように、助け合うほかはない。これから先は、自分も一緒になって、二人して知恵を絞り、儲けるのだ。そして、美蘭のように見栄を張って生きてゆく。

「ねえ、美蘭ちゃん。山鼻さんと付き合っていて、怖いことないの?」

佳那は、話を変えた。

「ヤクザの情婦になったから?」

美蘭はそう言って笑った。

「そう。何かあったらどうしよう、とか思わない?」

「そんなの、望月さんだって同じじゃない。山鼻さんが言ってたよ。望月には便宜を図ってやってるって。失敗したら、みんなこれだよ」

美蘭が新しい煙草に火を点けた後、手刀で首を斬る真似をした。

「失敗しなければいいのよ」

佳那は思い切って言った。

「確かにそうだ」美蘭が笑った。

しかし、失敗は、いつか必ずするものだ。どんなに調子がよくても、うまくやったつもりでも、相手は株価なのだから、読み違いもあればタイミングが悪いことだってある。ガセネタを摑まされることもあるだろう。的確な情報を得て、何とかうまく運用してゆくには、相当な運も必要なのだ。

「失敗しなければいいのよ」と豪語した手前、佳那は平然としていたが、内心は望月の性格に不安を感じていた。望月は、運用を任されていた客の中でも、三百万から五百万クラスの客に対しては、露骨に不熱心だった。

福岡支店時代も、望月に損をさせられた、と窓口で文句を言いながら泣いた客もいたし、望月指名の電話を佳那が取った時など、言葉にならないくらい怒っている客もいた。

要するに望月は、山鼻や須藤などの超A級の客にだけ、細心かつ丁寧に資金を運用して儲けを出していたが、他のどうでもいい客に対しては、損をさせても平気だった。露骨に客を差別するものだから、愛想を尽かして他社に資金を移す客もいたし、クレームも多かった。

だが、そんなことがあっても、望月はまったく平気だった。いい客をしっかり摑んでいれば、それで証券業界を生き抜いていける、と信じて疑わない。

思えば、望月が大胆不敵になったのも、NTT株売買の成功で多くの顧客を得てからだ。望月はその結果に気をよくして、慢心しているのではないか。考え込んだ佳那の顔を、美蘭が覗き込む。

「佳那ちゃん、どうした。顔が暗いよ。もしかして、ネクラ？」

佳那は苦笑した。どうしても、最悪のケースを考えてしまう質《たち》だ。調子がよくてネアカの望月に比べて、確かに自分はネクラかもしれない。

「うん、そうかも。美蘭ちゃんは？」

「あたしも。ネアカに見せたネクラだよ」

美蘭がふざけて言ったが、目が据わっているように見えた。

「ネアカに見せるのって、技術が要るよね」

「でも、ネアカって馬鹿に見えるじゃんよ。だから、佳那ちゃんも馬鹿なふりしてたら、ネアカに見えるよ」

「嫌だよ、そんなの」佳那は噴きだした。

美蘭も笑いながら立ち上がって、繰り返し聴いたＷＨＡＭ！のカセットを引っくり返した。裏面にはカルチャー・クラブが入っている。

「あ、私、ボーイ・ジョージ大好き」

佳那が叫ぶと、美蘭が喜んで手を叩いた。

「佳那ちゃんと趣味が一緒だね。もっと飲もうよ」

美蘭が、冷蔵庫から缶ビールをまた二本持ってきた。解放感も手伝ってか、夕刻のビールは美味しい。ちっとも酔った気がしなかった。ポテトチップスを摘まみながら、美蘭が佳那の顔を見る。

「ねえ、望月さんのいる国際部って、証券会社のエリートが行くところなんだってね。ゆくゆくは海外勤務だろうって、山鼻さんが言ってた」

佳那も望月からそう聞いているが、望月にそれだけの能力があるとは到底思えなかった。

「だけど、望月は英語なんか喋れないのよ。行って、どうするんだろう」

「ほんと?」美蘭が目を丸くした。「国際部って、海外との取引じゃないの?」

「私もよく知らないけど、望月はこれからどこか海外に出る気でいるわ」

「いいなあ」美蘭が羨ましがった。「あたし、佳那ちゃんが海外に行ったら、ついてく。だいたいどこらへんに行くのか教えて」

「さあ、ロンドンかシンガポールだと思う。望月はスイスに行きたがってるけど」

「あたしはロンドンがいいな。カルチャー・クラブもWHAM!も、デヴィッド・ボウイも、みんなイギリスじゃん」

美蘭はまるで自分が行くかのように、浮き浮きしている。いずれ海外赴任になるだろうとは、望月から聞いてはいるものの、佳那は半信半疑だった。

「ねえ、そろそろ、お腹空かない? これ、お鮨屋さんのメニューだけど、中華もあるよ。佳那ちゃん、お鮨とラーメンどっちがいい?」

美蘭が、電話の横に置いてある品書きを手にした。よく使うのか、丁寧にパウチしてあったが、逆に貧乏臭く見えた。

「どっちでもいいよ」

せっかく着飾ってきたのに、ラーメンとは情けない。佳那は落胆したが、顔には出さないように努力した。美蘭はそんなことに気付かない様子で、熱心に品書きを見ている。

「初志貫徹でお鮨にしようか。握りの上でいい？」

　美蘭が受話器を取り上げようとした、ちょうどその時、電話が鳴った。美蘭が驚いたように胸をさする。

「ああ、びっくりした。タイミングがよすぎるよ」

　だが、電話に出た美蘭の声音は、すぐさま甘い掠れ声に変わった。

「あ、はい、美蘭です。はい、わかりました。じゃ、そこに行きます。はい、後でね。嬉しいよ、バイバーイ」

　電話を切って佳那に向き直り、ごめんね、と両手を合わせる。

「山鼻さんからで、同伴出勤してくれるんだって。銀座の天麩羅《てんぷら》屋で待ち合わせになった。そりゃ、同伴してくれれば嬉しいけどさ。普通、天麩羅って、カロリーオーバーだから、女の子は食べないだろうよね。こういうところが、オヤジっぽいっていうの」美蘭が、ぷりぷり怒った。

「あたしは今日、佳那ちゃんともっと仲良くなりたかったのに」

「いいよ、美蘭ちゃん。私、帰るから気にしないで」

「するよ、あたしが誘ったのに」

「また遊びに来るから」

「ほんと？」と、恨めしそうな顔をする。

「ほんとよ」

「じゃ、約束だよ」

美蘭が細い指を絡めてきて、指きりげんまんをさせられた。これも美蘭の「技術」なのだろう。誰もが「技術」を駆使して、大事な人間や金のある者を自分に繋ぎ留めようとする。何の技術もない望月は、この先大丈夫だろうか、と佳那は心配になるのだった。

山鼻と出かけるとなると、美蘭の切り替えは早い。ビールの缶やつまみの皿を片付けだしたので、佳那も慌てて立ち上がった。

「何か手伝おうか?」

「いいよ、座ってて」

言われた通りにソファに座り直したが、美蘭は眉根を寄せ、真剣な表情で皿を洗い始めた。

「ねえ、佳那ちゃん」

顔を上げずに話しかけてきた。

「うん、何?」

「あたしたち、協力し合おうよ」

「何を?」

「山鼻さんに棄《す》てられないように、だよ」

佳那は驚いて、美蘭の顔を見た。が、美蘭は佳那の方を見ずに、空のビール缶を手で潰した。

「どうやったら、棄てられないで済むの?」

「わかんない。けど、あの人、何か冷酷な感じしない?」

美蘭が真面目な顔で、佳那に問うた。

「そうかな。優しい人じゃないの」

口ではそう言ったものの、佳那も心の奥底では怯《おび》えている。何かわからないけれど、鉛筆の黒く硬い芯のようなものが、山鼻という男の、上から下までを貫いているような気がするのだ。

「あたし、あの人に嫌われたら、棄てられるだけじゃなくて、何かされそうで怖いの」

美蘭の言葉に、佳那は何者かにしつこく嫌がらせをされている、姉の美紀のことを思い出した。最近は落ち着いているらしいが、あの話を聞いた時の恐怖は佳那の心にもしっかりと染みついていた。大金の動く業界で誰かに恨まれたら、危険な目に遭うことも覚悟しなければならない。なのに、望月は少し無頓着過ぎないか。

「美蘭ちゃんにはきっと何もしないよ。むしろ」と言ったきり、佳那は言葉を切った。言葉に出して言うのが怖かった。

2

水矢子は、自分の新しい名前をメモ用紙に書いて眺めていた。

伊東みやこ。イトウミヤコという音は同じなのに、漢字の名前を平仮名にしただけで、まるで違う人のようだ。

「歌手みたい」

水矢子はそう呟いて、首を傾げた。「伊東ゆかり」という歌手からの連想だが、自分のような地味な女に、華やかな印象が付与された気がして楽しかった。

「いとうみやこ」

今度は声に出して言ってみる。だが、音は同じだから、あまり変わり映えしない。やはり、文字だ。水矢子は再びメモ用紙にボールペンで書いてみた。今度は、「水矢子」という一風変わった漢字のおかげで個性的に見えた名前が、急に平凡になった気がした。が、その分、匿名性を帯びて気楽になったところもある。

「伊東みやこ」という名は、南郷《なんごう》という占い師に改名させられたものだ。

「あなたの名前は、音はいいけど、字が悪いわ」

南郷にそう言われた時は、「水矢子」という字面が気に入っていただけにショックだった。

「どこが悪いんですか」

南郷は何の迷いもなく、「水」という字を指差して、きっぱり言った。

「水という字がよくない」

水矢子は、「THE GOLD」で美穂《みほ》に自分の名の由来を語った時、『わあ、珍しいわね、詩的なお名前』と褒められたことを思い出した。

「先生、でも、私が生まれた時に雨が降っていたんですって。それで、うちの父が」

由来を説明しかけると、南郷に遮られた。

「それがよくないの。水という字が入ると縁起が悪いのよ。特にあなたはね」

南郷がじろりと水矢子を睨んだ。南郷は、五十歳と六十歳の間くらいだろうか。白髪交じりの硬そうな髪をおかっぱにしている。

化粧気のない茶色い顔をしているので、実年齢よりは老けて見えるかもしれない。だが、女学生のような、白いレースの襟の付いた、清楚な黒いワンピースを着ている。

「特に私は、ですか？」

思わず訊いてしまう。すると、南郷は「そうよ、そうよ」と小刻みに頷いた。親身になってくれているように見える。

「あなたは水の人じゃないのよ。あなたに、さんずいは御法度《ごはっと》なの。まして、水という字をそのまま使うなんてあり得ないわ。どう、あなた、人生があまりうまくいってないんじゃない？　正直に言っていいのよ」

水矢子は「そうかも」と小さな声で呟いた。

「私のところに来るくらいだから、あまりいいことはないんでしょ？」

図星だったので、水矢子は自嘲するように笑った。

「まあ、そうですね」

水矢子は、福岡で母と二人暮らしをしていたが、母が酒に溺れているのを見て、早く母と離れて暮らしたかったことや、二年間証券会社に勤めて進学費用を貯めたのに、滑り止めのつもりで受けた女子大にしか受からなかったことを、南郷に話した。

「その女子大は嫌なの？」

南郷が水矢子の表情を窺った。

「嫌なんです」

「どうして嫌なの？」

「偏差値が低いくせに、みんな東京育ちの苦労知らずのお嬢さんばかりだから、話が合わないし、あっちも私のこと馬鹿にしている感じがするんです」

「被害妄想じゃないのかしら」

南郷が肘を突いて、顎《あご》の前で指を組んだ。大きなバロック真珠の指輪が目立つ。

「いえ、被害妄想じゃないと思います。私、そういうの見抜けるんです。人一倍、人の失礼に敏感なんです」

自分はいつの間にこんなことを言うようになったのだろう。まさか、自分が占い師のところに行くことになるなんて、思ってもいなかった。むしろ、水矢子は、占いの類を非科学的だと馬鹿にしてきた。

なのに、「占い」と白い小さな看板が出ている一軒の住宅のインターホンをつい押してしまったのは、出来心というようなものではなさそうだ。看板は前から気になっていたのだ。

「まあ、自己分析はいいから」

南郷に軽くいなされて、水矢子は恥ずかしくなった。

「すみません」

「いいから、ともかく名前を変えなさい。そうね、水矢子を仮名に開くだけでいいわ。それで運が開けるわよ。ともかくやってみてちょうだい。そしたら、少しずついろんなことが変わってゆくから」

「わかりました」水矢子は軽く頭を下げてから、疑問を口にした。「先生、じゃ、私は水の人じゃなくて、何の人なんですか？」

「あなたは風の人よ」

「風ですか？」

「そうよ。風のように自由にあちこち行くの。その代わり、孤独かもしれない。でも、一番カッコいいのよ。私は好き」

「じゃ、水の人は？」

「水の人は、水の上を常に皆と一緒の舟に乗るの。だから、人間関係がうまくいく人よ」

水矢子は、自分が水の人だったらよかったのに、と内心思った。

「ちなみに、先生は何の人なんですか？」

「私は土の人なの。だから、何かを育てるといいのよね」

「風の人は何も育てないんですか？」

「そうよ、何も持たないし、持ちたくないの。そうでしょ？」

そうだろうか。水矢子は違和感を覚えた。というのも、自分は所有したくてたまらなかったからだ。金も学歴も佳那との友情も自由もすべて。

「ところで、伊東さんは何を占ってほしいの？」

南郷に何を占ってほしいのか、と突然問われた水矢子は、しばし考えてしまった。電話での遣り取りを思い出して、佳那との関係がこの先どうなるのか知りたい、と一瞬思ったからだ。久しぶりに電話で話したのに、佳那は早く切りたがっていた。ちょうど出かける時で、タイミングが悪かったせいもあるだろう。だが、口調が素っ気なかったから、佳那の関心は、すでに違うところにいっているのかもしれない。

しかし、それも被害妄想だと笑われるような気がして、そのことにも引け目を感じるのは、今、自分が何に関しても自信を喪失している証左のように思えるのだった。

水矢子はやっとの思いで南郷に言った。

「あのう、私がこれからどうしたら幸せになるかとか、大学にはこのまま通った方がいいのかとか、そういう漠然としたことなんですけど」

「はあ、なるほど。あのねえ、私の専門は恋愛なのよ。そういう悩みはないの?」

目を瞑って黙って聞いていた南郷は、左胸をトントンと右手で叩いてみせた。心臓の場所だ。

「それは、ないですね」

「若いのにね」

いきなり南郷が目を開けて言う。非難されたように感じた水矢子は、思わずムキになった。

「だけど、私が風の人ならば、恋愛は苦手そうですよね。そうじゃないですか?」

「何言ってるのよ」

南郷が大袈裟な身振りで、水矢子の顔を覗き込んだ。南郷の茶色い顔が間近に迫ったので、水矢子は思わずのけぞった。

「自分が風の人だって知らないから、あれこれ迷うんでしょう。人並みに誰かを好きになっても、本質は風なんだから、うまくいきっこないの。本当は何も持てないし、持ちたくないはずなのに、愛なんか持とうとするからよ」

叱られているのか。水矢子は呆れて反論した。

「それじゃ、私は冷たい人みたいじゃないですか」

南郷が、激しく首を横に振った。

「冷たいとか温かいとか、そういう問題じゃないって言ってるでしょ。その人の本質を言ってるだけよ。もちろん、本質はそうでも、恋愛したっていいのよ。好きって気持ちは抑えられないもの。その代わり、悩みは深くなるわよ。私はそうなった時のお手伝いをしましょうと言ってるの」

屁理屈だと思ったが、他人とこんな議論を続けていることが水矢子には嬉しかった。それほど孤独な日が続いている。だから、最初は胡散《うさん》臭いと思った南郷が、急に賢く見えてきた。

「私は男の人を好きになったことはありません」

水矢子が正直に答えると、南郷は頷いた。

「そうでしょうね。そうだと思ってた」

「どうしてそう思うのですか？」

「あなた、硬いもの」

「硬い？」

その言葉は意外だったけれども、当たっている気がして、水矢子は嘆息した。

「そう、あなたは硬い鎧《よろい》を纏《まと》ってるのよ。そして、芯も硬い。風の人っていうと、ふわふわと吹かれて漂うようなイメージを持つかもしれないけど、本当はそんな身軽なものじゃない。本人は硬くて縮こまってる。あなた、その鎧を脱ぐことはないかもしれないわね」

「そうですか」水矢子はふっと笑った。「何だか、私、つまんない人みたいですね」

「つまんなくはないわよ。けど、悩みは多いかもしれないわね」

当たっているように思えて、水矢子は項垂《うなだ》れた。

「確かに多いです」

「じゃ、今悩んでいることは何？　占ってあげるから言って。時間がないから、ひとつだけね」

南郷がワンピースのポケットに手を入れて、メモ用紙のようなものを取り出した。水矢子が横目で見ると、数字が書いてある。乱数表のようなものかもしれない。

「今悩んでいるのは、引っ越した方がいいかってことです」

「方角？」

「いえ、そうじゃなくて、引っ越すか否かです」

「あなたは風の人だから、そりゃ動いた方がいいわよ。本人は硬くても、漂うんだからね」

今度は抽象的過ぎると、水矢子はその答えに不満だった。引っ越しは、金がかかるから重要な問題なのに、南郷は親身になってくれていない気がする。

「じゃ、その時期とかは？」

そうね、と南郷が乱数表に目を落とした時、インターホンが鳴った。

「あ、予約の人が来たわ」

南郷が立ち上がり、部屋の隅にあるインターホンに向かって歩いてゆく。椅子に腰掛けている時は小柄だと思っていたが、歩く姿は痩身で上背があった。水矢子は、南郷を四十歳から五十歳の間、と年齢の印象を修正した。

「悪いけど、持ち時間が過ぎたの。また来てちょうだいね」

再び椅子に腰掛けた南郷が、申し訳なさそうに言う。

「はい、そうします」

「じゃ、料金を頂きますね。三十分で五千円なの」

水矢子は不承不承、代金を払って南郷の家を出た。バイトを掛け持ちし、どんどん目減りする預貯金を少しずつ崩しながら生活している水矢子にとって、南郷に払った五千円という額は、決して安いものではない。それに、当たるかどうかわからない占いなぞに、金を払ってしまった行為が、自分でも意外だった。

とはいえ、他人に打ち明け話をしたことで、水矢子の心は少し風通しがよくなったようだ。風の人。初めて聞いた言葉は、自分の人生を決定づけそうな気がして、少し怖いけれど、新鮮ではあったのだ。

伊東みやこ。一瞬、こんな標札を出そうかと思い、いやいや女の一人暮らしだと思われると碌《ろく》なことはない、とすぐさま否定する。

しかし、南郷のところから帰ってから、新しい世界が開けたような気がしていた。自分は、風の人なのだ。風に吹かれるように、自由に生きていこう。

水矢子は玄関すぐの板の間に設えられた、ままごとのような小さな台所に立った。半間ほどの幅に作られているので、シンクは小さく、四十センチそこそこの幅しかない。その上に鏡が張ってある。ここで、炊事も洗顔も歯磨きも、化粧もすべて行う。水矢子は、角に少し錆《さび》が浮いた鏡に映る自分の顔を、まじまじと見た。

K女子大一年となった伊東みやこ、二十歳。化粧気のまったくない白い顔は、阿修羅《あしゅら》像のように眉根が寄せられて、少し苦しそうな表情をしている。水矢子は、眉を開いて笑ってみせたが、どこか無理をしているような笑顔は、生まれつきだろうか。思えば、死んだ父が会社に行く時に、こんな表情をしていたような気がする。

「お父さん、辛かったんだろうな、私と同じく」と、水矢子は口に出して言った。

母親のように、酒に逃げて生きられるのならいいが、自分は酒を飲むと決まって母親の赤い顔を思い出し、なぜか恥ずかしくなるのだった。何にもなじめない、損な性格だと思う。

水矢子は、ガスコンロのつまみを捻《ひね》って、小さなアルミのヤカンを火にかけた。コンロは二穴だが、狭い台所での自炊はかなり面倒だ。大きな鍋は使えないし、まな板の置き場所がないから、シンクの上に斜めに置いて、材料を切るしかない。しかし、水矢子は上京して以来、ここで飯を炊き、味噌汁を作り、質素なおかずを作っては食べてきた。

この水明荘《すいめい》というアパートは、沼袋駅から十五分ほど歩いて、車も入れないような狭い坂を上った右手にある。占いの南郷の家は、駅に近い住宅街にある小さな建売住宅だ。

水明荘は六〇年代に建ったという古いアパートだ。四畳半ひと間に、小さな台所が付いているだけで、風呂なし、トイレは共同。玄関もひとつで、靴を脱いで上がる。今時、フローリングのワンルームマンションが流行《はや》っていることを思うと、かなりの時代遅れではある。

住人も、貧乏そうな学生や若い勤め人、老人など、単身の男ばかりだった。女性は、東の端の部屋に住む老女と水矢子のみである。でも、家賃が一万八千円という安さなのだから仕方ない、と水矢子は割り切っていた。それに、近所に住む大家がいい人で、何かと水矢子を気にかけてくれるのも嬉しかった。

ところが最近、気に病むことが出来《しゅったい》した。水矢子の部屋の真上に住む大学生の男が、何かと近付いてくるのだ。発端は、上の学生の部屋が友人たちの溜まり場になることだった。ボロアパートで気が緩むのか、学生たちは大声を上げて喋り、どすどすと足音高く部屋を歩き回る。また、アルコールが入ると、大音量で音楽をかけて踊ったりもする。若い男たちの熱量は、アパートを揺るがすほどだった。さすがに、この時は誰かが注意したらしく、すぐに収まった。

しかし、二カ月ほど前、また三、四人の学生が上の部屋に集まって飲み会が始まった。最初はおとなしくしていたが、そのうち酔ったのか、声が大きくなり、足音が響くようになった。以前ほどではないが、真夜中なので、男たちの話し声や笑い声がうるさくて眠れない。

進学した大学に失望して意気消沈していた水矢子は、次第に腹が立ってきた。今度から気を付ける、と住人に誓ったはずなのに、と思うと収まらない。文句を言ってやろうと、思い切って部屋を出て、二階に駆け上がった。

するとと、たまたま小用のために部屋を出てきたらしい部屋の主と、ばったり出くわした。中肉中背で、あまり印象に残らない顔をしている学生だ。水矢子は、その学生のことを、篠原《しのはら》という名であることくらいしか知らなかった。それも、下の郵便受けの名前を見た限りである。たまに道や玄関で出くわすこともあるが、擦れ違った際に軽く会釈する程度である。

「下の部屋に住んでる者ですが」

水矢子が言うと、篠原はぴんときたらしく、すぐに小声で謝った。

「すみません」

「話し声をもっと小さくしてくださいませんか。眠れないんです」

「すみません、そうします」

篠原は恐縮したらしく、両手を脇に付けたまま、頭を下げた。母と同じように、この人は酔うと赤い顔になる、と水矢子は思った。

「じゃ、よろしくお願いしますね」

水矢子が形だけ頭を下げて部屋に戻ろうとすると、篠原に呼び止められた。

「あのう、すみません。参考のために、どのくらい響くのか、音を聞かせてもらってもいいですか?」

「えっ」

どういう意味だろうと訝っていると、篠原が一緒に階段を下りてきた。そして、水矢子の部屋の前で断った。

「ちょっと音だけ、聞かせてください。どのくらいうるさいのか、上にいるとわからないので、確かめさせてください」

そう言われれば、文句を言った手前、断るのもおかしいかと思い、迷っているうちに、篠原は承諾されたと思ったのか、すっと部屋の中に入ってしまった。同じ間取りなので、行動に迷いがない。

水矢子の部屋は、置いてあるものが少なかった。本棚と小さな机。衣類は押入に仕舞ってあるから、表に出ていない。ベッド横にカラーボックスを置き、その上に読みかけの本とライトがある。照明はそのライトだけなので、いっそう部屋が片付いて見えた。

「へえ、綺麗にしてますね」

篠原はそう言いながら、腕組みをして天井を見上げた。上からは、相変わらず男たちの笑い声や喋り声が、まるですぐ横にいるかのように聞こえてきている。誰かが台所に歩いていったらしく、みしみしと足音が響いた。

「聞こえますね。よくわかりました。本当にすみません。今後気を付けます」

篠原はそう言って頭を下げると、水矢子の部屋を出て行った。あっという間の出来事だった。

しばらくすると、音はぴたりと止《や》んで、階段を忍び足で数人が下りてくる音がした。どうやら、水矢子の抗議を機に、解散したらしかった。

数日後、水矢子の部屋の前に、夏ミカンが入った紙袋が置いてあった。中に手紙が入っていた。


先日はすみませんでした。

今後は気を付けます。

これは、私の田舎から送ってきた果物です。よろしければ、食べてください。

篠原康幸《やすゆき》

夏ミカンは五個入っていた。食べ切れそうにないから、少し返しに行こうと思っていたのに、つましい暮らしのなかで、果物を買うのは贅沢だったからか、いつの間にか全部食べてしまっていた。

ある日の午後、水矢子が大学から帰ってきて、部屋でぼんやりしていると、ノックが聞こえた。

水矢子は東京での友人がいない。喋る相手は、もっぱら大家か、東端の部屋に住む老女だった。特に、老女は遊びにも行かない水矢子が不憫《ふびん》なのか、しょっちゅうおかずや菓子を持ってきてくれた。その代わり、老女が遠出する時は、水矢子が老女の飼う文鳥を預かることになっている。

「はい」

またぞろ、文鳥の籠でも預かるのかとドアを開けたら、眼前に篠原が立っていた。昼間、正面から近距離で顔を見るのは初めてだった。篠原には、やや斜視があることに気付いた。が、それが、篠原を真面目そうに見せている。魅力的と言えないこともなかった。

「あ、先日はありがとうございました」

水矢子は何の用かと思いながら、まず礼を述べた。果物をもらったのはずいぶん前なのに、礼も言いに行かなかったことを少し反省した。

「あのう、夏ミカンとても美味しかったです」

慌てて、そう付け加えた。

「ああ、よかったです。僕の実家は山梨の果樹園で、いろいろ作ってるんです。春先は夏ミカンくらいしかありませんけど、これからはびわや桃も出るから、また持ってきますよ。桃、好きじゃないですか?」

篠原の顔が輝いて、滑るように喋る。

「いやいや、いいですよ」水矢子は慌てて断った。「そんなことまでしてもらうわけにはいかないです。静かにしてください、とお願いしただけですから」

「でも、迷惑かけたと思って反省してるんですよ。それも一度や二度じゃないみたいだし」

篠原が頭に手をやって困り果てたように嘆息するので、水矢子は必死に否定した。

「いいんです、全然。お構いなく」

すると、篠原がポケットから学生証を出して見せた。

「僕、W大学法学部三年の篠原康幸といいます」

確かに、学生証にはそう記載されている。奇《く》しくも水矢子の第一志望校で、見事に落ちた大学だった。

「はあ、そうですね」

水矢子は篠原が何を言いたいのかわからないままに、学生証を手に取って眺めた。受かっていれば、こんな学生証が発行されたのかと、皮肉に思いながら眺めている。

「あの、伊東さんは福岡から出てきて、K女子大に通ってるって聞きました。まだ一年生ですよね」

あっと驚いた。おそらく、大家か老女に聞いたに違いないと思ったが、自分の知らないところで裸にされたようで不快だった。

「そうですけど、誰に聞いたんですか？」

「中村《なかむら》さんですよ」

やはり、東端の部屋に住む老女だった。八十歳近いと思われる中村は、たった一人の女子大生である水矢子のことを気にかけて、しょっちゅう総菜など届けてくれるし、ゴミ捨て場の掃除なども大家と一緒にやってくれる世話好きな婆さんだ。それはいいとして、アパートの住人のことを詮索する癖があるので、水矢子は辟易《へきえき》することも多々あった。

「あのう、これを機によろしくお願いします」

篠原がぺこりと頭を下げる。いったい何をよろしくというのだろうと訝りつつも、隣人としての挨拶かと思い、水矢子も釣られて頭を下げた。

「こちらこそ」

「伊東さん、学部はどこですか?」

篠原が好奇心を漲《みなぎ》らせて訊ねる。

「文学部です」

「文学部の何科?」

「日本文学です」

問われるままに答える。

「日文ですか。どんな作家が好きなんですか? 女の人だと、どんなのが好きなんだろうか。吉行とか読まないでしょ?」

「そんなことないですけど」

下に見られているのを感じて、水矢子はむっとした。

「でも、部屋に本棚なかったよね。あった?」

「えっ」

ドアを挟んでの立ち話の域を超えていると思った水矢子は、言葉に支《つか》えた。篠原がどうやら、部屋の中に入りたがっていることに気付いたからだ。だから、学生証も見せたのだろう。

「すみません、話の途中で。これからちょっと出なければならないので、失礼します」

水矢子が体を引っ込めてドアを閉めようとすると、篠原は「あ、これは気が付かなくて、こちらこそすみません」と、また両側に腕をぴたりと付けて謝った。

礼儀正しくはあるが、根本のところが図々しい気がして、水矢子は少し気が塞《ふさ》いだのだった。

数日後、授業に行くために部屋を出たら、玄関口で篠原とばったり会った。

篠原も授業に行くところなのか、ショルダーバッグを肩に掛け、スニーカーを手にしている。

「おはようございます」と水矢子が挨拶すると、篠原も嬉しそうに返した。

「おはようございます。伊東さん、この間、お出かけにはならなかったでしょう」

「この間？」

何のことかわからずに、ぼんやりする。やがて、篠原が訪ねてきた時、早く追い払いたいがゆえに、これから外出すると嘘を吐いたことだと思い至った。篠原は話の腰を折られたので、水矢子が本当に出かけるのかどうか、注意して見ていたのかもしれない。

「そうでしたっけ」

「そうですよ」

篠原は真面目な顔で答えた。

「忘れちゃった」

とぼけたが、内心は篠原の執念に少し怖《お》じていた。到底、篠原と駅まで一緒に歩く気にはならないので、水矢子は「忘れ物しました」と小さな声で呟き、部屋に戻った。そして、篠原がいなくなったのを確かめてから、部屋を出た。当然、一時限に遅刻したので忌々《いまいま》しかったが、それ以上に篠原のしつこさが気持ち悪かった。

一週間後、今度は学校帰りに商店街で豆腐を買っている時、背後から声をかけられた。

「伊東さん」

振り向くと、篠原が立っている。

「こんにちは」

水矢子が挨拶すると、篠原が水矢子の包みを覗き込んだ。

「豆腐か、僕も買おうかな。ここのは美味しいんですか？」

店主が応対している前で堂々と聞くので、水矢子は頷かざるを得なかった。そこで買うのはうまいからではなく、単に安いからだ。

「じゃ、木綿一丁ください」

篠原は豆腐を買うと、そのビニール袋を提げて水矢子と並んで歩きだした。水矢子は嫌でしょうがないが、帰る先が同じなので一緒に歩かざるを得ない。

「豆腐はどうやって食べるんですか？」

篠原が訊ねる。倹約家の水矢子は、豆腐はふたつに切って二日で食べる。

「今日の分はお味噌汁に入れます」

うっかり答えたが、篠原は気が付いていない様子だ。

「へえ、僕は単に醤油ぶっかけて食べますよ」

「それも美味しいですよね」

適当な返事をした。

「あれ、俺の部屋にネギあったかなあ。ネギも買っといた方がよかったかな。でも、余らせると嫌だしな」

砕けた口調になってきたので、水矢子は警戒して何も言わなかった。一緒に食べよう、などと誘われてはたまらない。

黙って歩いていると、篠原が水矢子の顔を覗き込むようにして言った。

「伊東さんは、二年間ＯＬやってたんだってね。それでお金貯めて東京に来たって聞いたよ。見かけによらず、苦労してるんだなと思って感心した」

突然、土足で踏み込まれた気がして、水矢子は黙った。どう考えても、中村から仕入れた情報に違いなかった。受験に備えて前乗りした今年の一月、興味を感じて近づいてきた中村に、あれやこれやアパートの仕儀や、商店街の店や銭湯の情報などを事細かに教えてもらったのだ。

大学受験をするために早めに上京したと伝えたら、『あんた、高校はどうしたの？』と問われ、二年働いて金を貯めてから来た、とそれまでの経緯を話した覚えがある。中村はえらく感心した。『そうなんだ、偉いねえ。道理で、あんたは大人びてると思ったわ。二年も働いて、世の中というものを知ってるからなんだね』

それで水矢子は聞かれるがままに、証券会社に勤めていたことや、父が早く死んだこと、母親との暮らしでは勉強に集中できないので早めに来たことなど、正直に伝えてしまったのだ。もちろん、夜のバイトやＮＴＴ株で金の大半を貯めたことは喋っていない。

「僕のうちも決して裕福じゃないから、よくわかりますよ」

篠原が言う。あれ、実家は山梨の果樹園と言ってなかったか。嘘を吐いていたのだろうか。だとしたら、あの夏ミカンは買ってきたものか。水矢子はふと疑念を持った。しかし、同じ安アパートに住んでいるのだから、似たり寄ったりの境遇だとしても、勝手に共感されるのは嫌だと思った。

部屋の前で別れる時に、篠原に誘われた。

「今度、映画でも観に行かない？」

「お金ないんで」

この時は、すげなく断ることができたが、翌朝、水矢子が出るのを待ち受けていたのか、また も玄関で会った。

「おはよう。豆腐うまかったけど、やはりネギがなかった。よっぽど伊東さんのところに借りに行こうかと思ったよ」

「ネギくらい、自分で買えばいいのに」

思わず苛立って強く言うと、篠原は笑ってみせた。

「そうだよな、図々しいよな」

そんなことがあってからというもの、今度は男女共用のトイレが気になって仕方がない。なぜか、篠原とばったり会うことが多いのだ。さすがに覗かれはしないが、近くにいるかと思うと、気分のいいものではない。

水矢子は極力、アパートではトイレを我慢するようになった。篠原がいない時を見計らって急いで行く。外から帰ってきて、篠原の部屋に灯りが点いているのを見ると、近くの公園に引き返して用を足すことさえあった。そんなことをしているうちに馬鹿馬鹿しくなって、引っ越しを考えたのだが、引っ越すには金がかかる。

しかも、こんなことがあると、共同トイレ式の古いアパートではなく、ちゃんとトイレの付いた部屋に住みたくなる。そういうアパートは家賃が高い。さらに敷金、礼金と引っ越し費用を考えると、おいそれとできることではなかった。

世はバブルで、日本中が金余りだと騒いでいる。女子大の同級生たちも、海外旅行に気軽に行ったり、彼氏に外車で迎えに来させたり、毎日派手な生活ぶりを見せつけるから、話がまったく合わない。

金を貯めて花の東京に出てきたはずなのに、志望大学には落ち、自分だけ貧しい環境に身を置いて、危険な目に遭っていることが理不尽に思えてならないのだった。銀座や六本木にも一度も行ったことがないし、級友たちが話題にしていたボジョレー・ヌーボーとやらも何のことか知らないで恥を掻いた。それほど孤独なのだと思うと、ますます気が滅入って、どうしようもない。

借金を頼むとしたら、母親も兄も頼れないが、景気のよさそうな佳那たちならば快く貸してくれるかもしれない。それで引っ越しの相談かたがた、電話してみたのだった。佳那が親身になってくれないのなら、また夜のバイトをするしかなかった。しかし、それは気が進まなかった。

美穂が紹介してくれたＤＵＮＥ《デューン》という店でのバイトは、結局一年間続けたが、性に合わないと思うことだらけで、辛い思い出しかない。店のママからは、酒を飲まなくてもいいから、客の横に座って話をして、ただ酌をすればいいと聞いていた。だが、客は皆尊大で、店の女たちを、客に仕えるだけの存在だと見下していた。

水矢子は、客の男たちが単に若いというだけで、自分に執着することが不思議でならなかった。自分という人間に興味があるのではなく、若い女という記号に反応しているだけなのだ。飲めないと断っているのに、無理やり強い酒を飲まされて、ひと晩中苦しんだこともあるし、付き合えとしつこく誘われて、逃げ帰ったこともある。

ゲイバーの「THE GOLD」に行った時に見聞きしたものは、客の女たちと対等に渡り合う、楽しそうな美穂たちの姿だった。時には、客の女に支配的ですらあった。それほどまでに、男と女は違うのか。

確かに、萬三証券の福岡支店でも、雑用をする事務員は、水矢子と彰子《あきこ》とパートのおばさん、つまり女だけだった。この世の仕組みはすべて、家庭も会社も店も学校も、男が上で女を見下し、自由にしようとしている。

それは、篠原も同じではないか。しかし、金がないと、篠原から逃れることもできないのだ。いったいどうしたらいい。水矢子は息苦しくて仕方がなかった。そんな時に出会ったのが、占い師の南郷だったのだ。

再び、水矢子は南郷の家を訪ねた。占いごときに五千円もの大枚をはたいてもいいと思ったのは、誰とも話せない孤独に耐えかねたからだ。

南郷の家は、駅からすぐの住宅街に入った、二十坪もないような小さな二階建ての建売住宅である。標札の横に「占い」と白い小さな看板が貼ってある。脇の標札には「南郷」としか書いていない。改めて見ると、玄関脇の小さな植え込みには、ツツジが植わっていて、すでに茶色く枯れている。手入れが悪い気がして、水矢子は今一度、家の全容を眺めた。二階の窓ガラスが前に来た時は綺麗に磨かれていたのに、今は少し曇って見える。全体にくすんでいるようだった。

水矢子は、インターホンを押した。少し経ってから、南郷の声が聞こえた。何かを口に含んでいるような気配があることから、食事中のようだ。

「はい、どちら様」

「あのう、先日見て頂いた伊東といいます。予約させて頂ければと思って」

「伊東さん？」

覚えていないのか、南郷が訝る声を上げた。

「はい、先生に『風の人』と言われました」

「ああ、思い出した。今ならいいわよ。時間が空いてるから、どうぞ入ってちょうだい」

きびきびと言われ、やがて玄関の扉が開いた。前回と同じ黒いワンピースを着た南郷が顔を出す。やはり食事中でもあったのか、口紅が落ちていた。

「さあ、遠慮しないで」

口の中に何か食べ物が入っているようだ。

「すみません」

「いいのよ」

南郷は何かをごくりと呑《の》み込みながら答えた。南郷は痩身で、上背のある水矢子よりも身長が

ある。姿勢がいいので若く見えたが、顔の皺などからすると、五十五歳になる水矢子の母親より
は年上のようだ。思わず見入っている水矢子の視線に気付いてか、南郷は少し不機嫌そうに視線
を落とした。

水矢子は無礼を恥じて、まず礼を言った。

「先生、この間はありがとうございました」

「いいえ。また来てくれたってことは、また何か占ってほしいことができたのかしら」

南郷が少し表情を緩めて言う。

「はい、まあ、そんなところです」

占いというよりは相談ごとだと言いたかったが、水矢子は曖昧に答えた。南郷のような、一度
しか会ったことのない占い師に相談するしかない自分が、孤独で惨めに感じられた。

「さあ、どうぞ」

玄関ドアが大きく開かれたので、中に入る。上がり框《かまち》のすぐ手前に合板のドアがあり、そこが
占い室だった。以前は緊張していたので周囲は何も見なかったが、今回は家の中を見回すことが
できた。すぐ右手に、二階に通じる急な階段がある。その陰になった薄暗い廊下に、発泡スチ
ロール製の生協の箱がうず高く積んであった。廊下の突き当たりには、ドアが開いたままの部屋
がある。リビングらしきその部屋は、昼なのに蛍光灯があかあかと点《とも》っており、ごちゃごちゃと
物が載っているテーブルが見えた。家は全体に雑然としていた。

先に占い室に入った南郷が、振り返って椅子を勧める。

「どうぞ、そこに座って」

水矢子は、更紗のクロスを掛けた、テーブルの前の椅子に腰掛けた。

「さあ、何を占ってほしいのかしら」

南郷がテーブルに肘を突き、水矢子の目を見て訊ねる。

「実は同じアパートにしつこい男の人がいて、すごく嫌なんです」

南郷が驚いた顔をした。

「どういう風にしつこいの？」

「一緒にどこかに行こうと誘ったり、断ると駅やトイレでよく会うんで、後をつけられているようで気持ち悪いんです」

「トイレで？」

南郷が怪訝《けげん》な顔をしたので、水矢子はアパートの共同トイレのことだと説明した。説明しながら、今時そんな古いアパートに住んでいることが恥ずかしかった。

「それは確かに気持ち悪いわね」

南郷が同情を籠《こ》めて言う。

「だから、引っ越した方がいいのかどうか、聞きたいんです」

占いというよりは人生相談だと思ったが、誰にも相談できない水矢子は自分を止めることができなかった。

「引っ越した方がいいに決まってると思うけど」

あっさりと言われて、水矢子は視線を逸《そ》らした。そういう結論になることはわかっていた。が、自分には今、引っ越しの費用も出せない。

「でも、お金もないし、こういう場合はどうしたらいいかわからなくて。相談できる人もいないので困っちゃって」

「そう。それは困ったわね」

南郷が溜息混じりに繰り返した。

「占いでもないと思うので、先生のところに来ても迷惑かなと思ったんですけど」

そこまで言うと、南郷が引き取った。

「あなた、他に相談する人もいないんでしょう?」

「そうなんです」と、正直に答えて項垂れる。

南郷はほんの一瞬、言葉に詰まったように黙っていた。釣られて、水矢子も黙って目を伏せた。

「だったら、うちに来てもいいわよ」

突然、何を言われたのか、ぴんとこない。水矢子は驚いて顔を上げた。

「どういうことですか」

「実はね、先週、助手の人が辞めちゃったのよ。それで困ってるの。あなたが住み込みで助手の仕事をしながら、家事もやってくれるのなら頼みたいわ」

道理で、家が荒れていると思った水矢子は、改めて部屋を見回した。占い室は、六畳ほどの洋間で、占いのテーブル以外何も置いていない簡素な部屋だ。が、窓辺にクリスタルの花瓶があり、前に来た時は、そこに挿してあったクチナシが彩りを添えていた。今、花瓶には何も入っていない。どころか、よく洗っていないのか、花瓶自体が曇っていた。

「でも、私、助手なんてやったことないです」

水矢子は慌てて手を振った。

「たいしたことはしなくていいのよ。助手の仕事は電話取って、予約のリストを作るくらい。私が本当にしてほしいのは、どっちかというと家事なんだから」

「あのう、家事ってどの程度ですか？」

「ほとんど全部かな。私は何もできないから、全部やってくれるのなら、部屋代は要らないわ」

その代わり、給料も出ないということか。

「あのう、お給料はどのくらいですか？」

思い切って訊いてみた。

「このくらいでどうかしら」

南郷が片手を出した。五万円ということか。安いと思ったが、住み込みなら悪くないかもしれない、と水矢子は考えた。

南郷の家は小さな建売住宅だが、風呂があるのは確実だし、個室ももらえるだろう。水明荘で男たちに混じって共同トイレに並んだり、冬、銭湯に通うことを考えたら、はるかに楽そうだ。

「助手って、学校にも通えますか？」

「もちろん。私はただ、家の中を整えてくれればいいの」

「はあ、そうですか」

水矢子は首を傾げた。やれないことはなさそうだが、念を押したくなる。

「あのう、先生は私のことを『風の人』だと仰《おつしや》いましたよね。先生のところで家事をするのは、『風の人』のやるべきことでしょうか」

南郷は思い出すようにしばらく目を瞑っていたが、やがて目を開けて言った。

「『風の人』はね、旅人でもあるから、いろんな場所で人を助けては去ってゆくのよ」

適当なことを言っている、とは思わなかった。母と暮らしている時は母を助け、萬三証券の福岡支店では女性事務員として、会社を裏で支えてきたではないか。自分は佳那のように表舞台には立たない、いや立てない地味な人間なのだと思ってきたが、南郷の申し出は、それを裏付けるような気がする。

「裏方ってことですか?」

「裏に見えるけど、本当はそういう人が表の人を操っているの。だから、『風の人』はカッコいいのよ」

うまいことを言う。

「先生、私のことを何もご存じないのに、いいんですか?」

「知ってるわよ。あなた、この間、身の上話してくれたじゃない。今はK女子大生で、二年OLやって、お金貯めて福岡から来たんでしょう。お母さんは酒飲みで困ってるとか、打ち明けてくれたでしょう」

「そうでしたね」

水矢子は母親のことを思い出して沈んだ。一月に上京してからというもの、母親とはあまり連絡を取っていない。母親は、東京の大学に勝手に進学を決めた水矢子に、今でも怒っているからだ。

「お母さんとは今でも駄目なんでしょう？」

「そうなんです」

南郷は我が意を得たり、という風に頷いた。

「『風の人』は、ぷつぷつと係累が切れる人なのよ。だから、うちにいた方がいいわよ」

「考えさせてください」

すると、南郷は苛立ったように言った。

「悪いけど、この場で決めてちょうだいよ。駄目なら駄目で、別の人を探さなきゃならないから。こっちも急いでいるの」

「そんなに早く？」

「猶予がないのよ。うちの惨状見たでしょう？　今日はあと二人予約が入っているから、私は気力が保たないのよ。あのね、占いってただ喋るだけの仕事じゃないの。精神を統一しなきゃならないし、疲れるの。何もしたくなくなるの」

その割に、自分はすぐに見てもらえたではないか、と思わなくもなかったが、南郷に急《せ》かされた水矢子は承知した。

「わかりました。じゃ、お世話になります」

「よかった。このお代は要らないから、なるべく早く引っ越してきてちょうだいね」

「ありがとうございます」

無理やり、助手兼家政婦にされてしまったが、これも南郷の勧めで「みやこ」と改名したおかげなのか、と考える自分が可笑しかった。

二回しか会ったことのない南郷のところに行くのは不安だったが、水明荘で怯えるよりはマシだと思い、水矢子は、密かに引っ越しの計画を練った。篠原が朝から登校する日は、火曜、水曜と金曜だ。中村は毎週水曜に通院する。水矢子は思い切って一週間後の水曜に引っ越しを敢行した。大家には篠原のことを告げて、引っ越し先は誰にも言わないようにと口止めした。

引っ越し当日、南郷は玄関先で待っていてくれた。家はますます荒れていた。

「部屋に案内するから、来て」

水矢子は、どんな部屋をあてがわれるかも知らないで、引っ越してきた自分が大胆だと思った。

「この部屋を使ってね」

階段のすぐ裏手の右に、子供部屋として作られたのであろう矩形《くけい》の洋室があった。ほんの四畳半ほどの狭い部屋だが、そこにベッドと机を置いたら、まるで自分を待っていたかのように落ち着いた。水矢子は、今日からここで、篠原に怯えずに暮らせるのだと思うと、嬉しかった。

「早速で悪いけど、これから予約のお客さんが続けて二人来るのよ。玄関のところを軽く掃除してくれない？」

「わかりました」

自分の衣類や本の整理は後回しにして、水矢子は玄関と占いの部屋に電気掃除機をかけた。花瓶を綺麗に洗って、三和土《たたき》を水拭きする。ついでに、気になっていたツツジの花殻を棄てた。それだけでも、すっきりして見えた。

リビングは予想通り、散らかっていた。南郷が占いをしている間、水矢子はリビングとキッチンの片付けに追われた。ついでに水周りを見ると、風呂やトイレも汚れている。自分も使うことになるので、掃除することにした。

ひととおり掃除が終わり、腕時計を見ると午後六時近い。夕食はどうするのか、まだ占い室にいる南郷に聞きに行く。南郷は疲れた様子で座り込んでいた。

「先生、お夕飯、どうしますか？」

「悪いけど、何か作ってくれない？　八時に一人客が来るのよ。常連なんで断れないのよ」

確かに客を占った後は、南郷は疲れて何もしたくないらしい。

「結構、大変ですね」

「そうなの。みんな楽だと思っているかもしれないけど、疲れる仕事なのよ。一人一人悩みは違うし、相手はみんな真剣だもの」

慌てて冷蔵庫を覗くと、卵以外、何もないに等しい。仕方がないので、飯を炊き、玉子焼きを作った。

「こんなものしかできませんけど。何か店屋物でも取りますか？」

「いいよ、いいよ、ありがとう」南郷は嬉しそうに箸を取った。「伊東さんが来てくれて、本当に助かった。ありがとう」

水矢子は翌日、学校を休んで食料品や洗剤などの買い出しに行った。いつも行くスーパーではなく、駅の向こう側の遠い店を選んだから、水明荘の連中に会うことはなかろう。昼食にうどんを作り、昼前にやっと起きてきた南郷に食べさせた。

「美味しいね。これは博多風のうどん？」

南郷は喜んで食べた。

「これしかできないので、博多風だか何だかわからないです」

東京でも滅多に外食をしない水矢子は、東京風のうどんがどんなものかわからない。

「東京のうどんはね、もっと汁が黒いのよ。私も関西だから、最初は違和感があったわ。もう慣れちゃったけどね。何でも慣れよ」

南郷が言う。南郷がどんな人生を送ってきたのかはわからないが、水矢子は特に興味を感じなかった。今のところは、何とか南郷に合わせて暮らしてゆき、行く末を考えるしかないと思っている。

「ねえ、みやちゃん」

南郷がうどんを啜《すす》りながら顔を上げた。いつの間にか、気安く名を呼んでいる。

「何ですか」

水矢子は、南郷の前のグラスに麦茶を注いだ。

「あなた、福岡で証券会社に勤めてたって言ってたわね」

「はい、そうです」

何が言いたいのか。水矢子は、化粧をしていない南郷の茶色い顔を見た。

「誰か、株に詳しい人いないかしら」

「どうしてですか？」

「最近、よく当たる株の銘柄とか聞いてくる人がいるのよ。一個でも当てたら、評判になるかと思って」

水矢子は、声が出そうなほど驚いた。南郷の思惑がそんなところにあったのかと思ったのだ。

「それで私を助手にしたんですか」

「ううん、それは違うよ。たまたま。でも、あなたの身の上話を思い出したら、そういう手もあるかなと思ったの」

「知り合いで、優秀な営業の人がいるんです。その人の奥さんと親しいので、今度聞いてみましょうか」

「お願い」

南郷が両手を擦り合わせるようにして頼んだ。

3

望月は、東京本社に来てからというもの、毎日のように銀座で呑み歩いていた。最初の頃は、兜町《かぶとちょう》でいっぱしの証券マンの顔をして、銀座という街で遊ぶ自分が嬉しくて、やたらとはしゃいでいたように思う。

しかし、今は焦りを感じ始めていた。東京にいる有数の金持ちを摑まえて、何が何でも自分の顧客にするつもりでいたが、出会う機会が少ない上に、たまさか出会ったとしても、すでに誰かが唾を付けている。想像したよりも、競争ははるかに激しく、福岡での営業など素朴なものだった。

熊本の私大、それもあまり有名ではない大学出身の望月は、東京で同窓生に会ったことが一度もないし、卒業した大学の名を告げても知っている人はいなかった。同窓のほとんどが、地元や九州内で就職していたせいもある。

しかし、東京に来てからは、望月はそのことがとても大きな不利益だと思うようになった。有名大学を出た社員は、たとえ知り合いでも、知り合いでなくても、同窓の恩恵を蒙《こうむ》ることができる。証券界の場合の恩恵とは、情報の遣り取りだ。

望月は、そんな同僚たちが羨ましかったが、株の業界ならば、一匹狼でも充分やっていけるはずだとも思っていた。

例えば、「兜町の幸運児」と呼ばれている亀田優成《かめだゆうせい》も、「幻の相場師」と言われる佐藤雄一郎《さとうゆういちろう》も、大学教育は受けていない。むしろ、教育など邪魔になると言わんばかりに、彼らは若い頃から独自の方法で株価を予測し、見事に当てていた。

だが、望月にはそんな才能はない。あるのは、口八丁手八丁の調子の良さだけである。だから、望月は情報収集と人脈作りを目的として、顔見知りになった調査部の先輩や、言葉を交わしただけの同僚を誘っては、夜な夜な銀座に繰り出すのが習慣になったのだ。

そのうち、知り合った紳士が顧客にならないとも限らないし、隣のテーブルのひそひそ話から、何か重要な情報を得られるかもしれないではないか。望月は、ハナ替えで儲けた金を、すべて夜の呑みに注《つ》ぎ込んでいる、と言っても過言ではなかった。そうまでしても、同僚に勝ちたいし、自分の顧客にも儲けさせたかった。でないと、自分が顧客に愛想を尽かされる。それを怖れていた。

しかし、どんなに努力しても、銀座の一流クラブである「花束」や「ロン」、「マドモアゼル」などの格式の高い店には、出入りできなかった。その手の店には、金持ちの自営業者や有名人などが集まるはずだから、虎視眈々《こしたんたん》と行く機会を狙ってはいても、若くて実績のない望月には敷居が高過ぎた。

その夜は、一度呑んだことのある調査部の山田《やまだ》という先輩を誘って、小さなカウンターバーでウィスキーを呑んでいた。

山田は望月の四歳上で、単に熊本出身という共通項があるだけだ。ちなみに山田は、偏差値の高い国立大出である。

望月は、山田から、あるメーカーの企業リサーチの結果を聞き出すつもりでいたが、山田は口が堅く、なかなか教えてくれない。

「そこの株価の予想はどうですかね？」

自分が足を使って訪問し、苦労して取材した結果を聞きたがる望月に、安易さを感じたらしく、山田ははっきり答えないで誤魔化すのだった。

「どうですかね」

「山田さん、会社訪問されてましたよね。あそこ、何か新製品とかないんですか？」

「聞いたことないなあ」

「そんなことないでしょう」

「いや、本当にないいんだよ」

山田はのらりくらりとかわす。

この店の飲み代も自分持ちなのに何も教えないつもりか、と望月が次第に焦《じ》れてきたところに、胸ポケットに入れたポケベルが鳴った。４９１０６。「至急ＴＥＬ」と読み取った。たまに使う「柳《やなぎ》」という店の、万里《まり》というホステスからだった。万里は三十絡みで、株が趣味だ。いつも、望月から根掘り葉掘り情報を聞き出そうとする女だ。

わざわざ電話をするのも面倒に思ったが、口の重い山田に腹立たしさを覚えていた望月は、山田に断って表に出た。近くの公衆電話から、「柳」に電話をする。

「もしもし、万里さんいますか？　望月といいます」

万里に代わった。

「もしもし、望月だけど」

「望月さん、望月さん。今、うちの店に誰がいると思う？」

万里が興奮して、早口に囁いた。

「何だよ、誰が来てるの？」

芸能人の名が出るのかと、少しうんざりして訊ねる。

「亀田優成が来てるのよ」

「優成が？　本当に？」

「本当よ。早く来て。帰っちゃうかも」

万里が焦って早口で言う。腕時計を見ると、午後十時。望月は「すぐ行くよ、ありがとう」と言って電話を切った。

亀田優成は二十七歳。望月のたった二歳上でしかない。子供の頃から、株の仲買人だった父親の影響で株に親しんできたという。

優成が目を付けた銘柄はみんな値上がりするので、「優成株」と言われるほど有名な、株の天才だった。「優成ボイス」という会員限定の雑誌を出していて、その会員登録数がうなぎ登りだった。もちろん、望月も会員である。

兜町に事務所があるので、望月は優成の姿を一度だけ見かけたことがあった。優成は、派手な生成り色の三つ揃いのスーツ姿で、周囲を護送船団のように社員で固めて、ぞろぞろと歩いていた。暗い色のスーツを着た男たちしかいない兜町で、優成の姿はひときわ目立っていた。その時、望月は手の届かないスターを見る眼差しで、彼を眺めたのだった。

バーに戻ると、山田はつまらなそうに煙草を吸って待っていた。

「山田さん、すみません。ちょっと急用ができたので、お先に失礼します」

山田が慌てたように立ち上がろうとした。払いを押し付けられると思ったのだろう。かまうもんか、と望月は後ろを見ずに店を出た。山田が情報を出し渋っている以上、多少恨まれようとも、もう奢《おご》る必要などない。

それに、優成が「柳」で呑んでいるのなら、千載一遇のチャンスだ。優成と親しくなって、山田なんかがもたらす曖昧な情報よりも、早くて確かな情報を得るのだ。望月は、夜の銀座を走った。

「柳」は銀座二丁目、八階建てビルの四階にある。エレベーターがなかなか下りてこないので、もどかしくなった望月は階段を駆け上った。四階のエレベーターホールの真ん前に、「柳」の立派なドアがある。望月は少し弾む息を整えてから、ドアを開けた。

「いらっしゃいませ」

中年のマネージャーが興奮した顔で出迎えた。マネージャーが嬉しそうなのは、奥の席にひときわ賑やかなグループ、つまり優成たちがいるせいだろう。

「あの隣に頼むよ」

優成たちのすぐ隣の席を指差す。望月がその席に座ると、すぐに万里が隣にやって来た。白い肩を見せる、黒いドレスを着ていた。

「早かったわね」

「走ってきたんだ」

「優成さんが来るのは初めてよ」と、万里が囁く。「どういう風の吹き回しだか」

「ありがとう。恩に着るよ」

望月は優成たちのいる方をさりげなく見た。四人の男たちが優成を囲む形で座り、その間をホステスが埋めている。優成が一人、声高に喋っていた。ホステスたちは、ただ頷いて優成の話に耳を傾けている。

「金がさ、いわゆる金じゃなく見える瞬間があるんだよ。何ていうか、ただの紙切れっていうか、物体っていうか、ゴミとまでは言わないけど、ゴミに近いような、どうでもいいものに見える瞬間があるんだ。例えば、ここに三億あるとするじゃない。三億って、このくらいの塊だけどさ。その三億で、家はもちろんのこと、ほとんどのものは買えるだろ。一生、食うに困らないしさ。しかも、もしかしたら、三億で心臓移植もできたりするんだよ。つまり、命も買えるんだよ。だけど、俺たちみたいな商売してると、そんなもん、どうでもよくなる瞬間がある。そうじゃないか？」

「そうですね」

誰かが同意した。

「だろ？　金がただの紙の塊にしか見えなくなる。これがヤバいんだよ。人間としてどうかと思う状態にまでなってるんだ、俺たちは。反省した方がいいよ。でも、後戻りもできないんだ。いったいどうしたらいい」

優成が言葉を切って、ウィスキーを生《き》でぐびりと飲んだ。誰も何も言わないので、座はしんとしている。

「前に一億円の落とし物って、ありましたよね？　あれなんかも、落とした方は落としたんじゃなくて、棄てたのかもしれませんね」

望月は思いきって口を挟んだ。横から声がしたので、優成の取り巻きが、ぎょっとしたように望月を見た。優成も驚いた様子で、振り向く。

「すみません。面白いお話をされているので、つい口を挟んでしまいました。申し訳ありません」

「いや、いいですよ、別に」優成が磊落に言った。どこか面白がっている風でもある。「私も、あの一億円は、金に見えなくなった我々のような輩《やから》が棄てたんだと思っています」

「すみません。余計なこと言って」

望月は身を縮めた。

「いや、いいですよ。うるさかったんじゃないですか？」

優成は若さに似ず、気を遣う男だった。

「いえいえ、とんでもない」望月は両手を振った。「てか、お邪魔してすみません。ところで、あのう、もしかすると亀田先生でいらっしゃいますか？」

「はあ、そうです」

優成が照れ臭そうに頷いた。金と芸者遊びが大好きで、毎晩一千万は遣う、という噂があったが、本人は育ちのよさそうな優男《やさおとこ》だ。

望月は立ち上がって礼をした。

「やはり、そうでしたか。いえ、面白いお話をされる方がいるなと思わず聞き入ってましたが、途中から、もしや亀田先生かなと思い始めたもので。当たって、よかったです」

取り巻きたちが、ほっとしたように警戒を解いた。望月がどう出るのか、心配していたのだろう。

「亀田先生、私は萬三証券の望月といいます。よろしくお願いします」

名刺を差し出すと、優成が頬を緩めた。

「何だ、同業の人ですか」

「はい。私は『優成ボイス』の会員です」

「それはどうも」

優成が相好を崩して喜んだ。

「当たり前です。私は亀田先生という存在が好きなんです。若いのに、いろんなものを蹴散らして、本当にカッコいいですよ。本物のスターです。今日、お目にかかれて、本当に光栄です」

優成が、ちらと名刺に目を落として言った。

「望月さんか。望月さんも若いでしょう?」

「私は二十五歳です。先生の二歳下です」

「若いじゃないか」

優成が笑うと、取り巻きも一斉に笑った。彼らも望月とそう変わらない年齢のようだ。望月はじわじわと席を詰めて、自分も優成の取り巻きであるかのような顔で、優成の言葉に驚いたり、同意したり笑ったりした。

やがて、優成が大きな声で「次、行こうか」と言った。懐から財布を出して、無造作に万札を摑み取る。優成が毎晩一千万の札束を持って飲み歩くという噂は嘘のようだが、財布はぱんぱんに膨らんでいた。

「先生、私も一緒に行ってお話だけ伺ってもいいですか?」

思い切って頼むと、優成が鷹揚《おうよう》に頷いた。

「おお、いいよ。一緒に呑みに行こう」

こうして望月は、亀田優成の一行にまんまと紛れ込み、銀座の店を三軒ハシゴした。中には、これまで入ることのできなかった一流クラブ「ロン」もあった。

望月は、優成らと別れる頃には呂律《ろれつ》が回らず、まともに歩けないほど酩酊《めいてい》していたが、それでも亀田優成と知り合ったという実績を作った自分に満足していた。

「昭ちゃん、遅刻するよ」

翌朝は、佳那に起こされるまで目が覚めなかった。ひどい二日酔いだった。何とか起き上がって、シャワーを浴びるために、よろめきながら浴室に向かう。シャワーを浴びてリビングに出てくると、コーヒーを飲みながらテレビを見ていた佳那が白い顔を上げた。

「ゆうべ、遅かったね」

「うん、飲み過ぎた」

しかし、亀田優成は、こんな飲み方を毎夜続けているのだ。それだけでも超人的だと、まだ感心している。

「たまには早く帰ってきてよ」

佳那がテレビの画面に目を遣ったまま言う。

「うん」と、望月は生返事をした。

冷蔵庫のポケットに、オレンジジュースのパックを見つけたので、直接口を付けて飲んだ。

「ちょっと、口付けないで」

佳那の声が尖《とが》っている。

「ごめん」

口を離して溜息を吐いた。佳那が立ち上がって、グラスを持ってきてくれたので、何も言わずにジュースを注ぐ。

「ねえ、昭ちゃん、たまには早く帰って来て。私は子供が欲しいのよ、わかってるよね?」

「子供？」望月は驚いて、佳那の顔を見遣る。「早くないか？」

佳那がむっとした顔をした。

「だって、海外に行くって言ったのは昭ちゃんでしょう？　だったら、行く前に産んだ方がいいじゃない。海外でお産するのなんてまっぴらだよ。そのこと、前に相談したよね？　覚えてないの？」

思いがけない話になったので、望月は驚いた。二日酔いで動かない脳を働かせようと、必死になる。

「そうだっけか」

「そうだよ。だから、飲んでばかりじゃなくて、早く帰って来て協力してよ」

佳那が泣き声になった。

「何も泣くことないじゃないか」

望月は驚いて、佳那の顔を見た。

「泣いてなんかいないよ」

佳那は歯を食いしばって言った。確かに泣いているのではなく、悔しい思いをどうやったら消せるか、堪えているかのようだった。

「俺だって今、必死なんだよ」

望月が言い募ると、佳那が横を向いた。

「それはわかってるよ」

「佳那はわかってないよ」望月は抗《あらが》った。「俺はさ、今、必死で顧客を繋ぎ留めようとしてるんだよ。そのためには、客にいい思いをさせて、ああ、やっぱり望月は凄い、と思わせないと駄目なんだ。だから情報が欲しいし、うまい話にありつきたいと願ってる。でも、俺はここ東京じゃ、徒手空拳なんだよ。俺は誰も知らないんだもの。何で、それをわかってくれないんだよ」

望月の方が泣きそうだ。

「そんなの私だって同じよ。誰も知り合いがいないし、仕事もなくてつまらない」

佳那がやっと落ち着いた口調になって、リモコンでテレビを消した。急に部屋が静かになる。

「佳那とはレベルが違うだろ、レベルが」

「どういう意味？」

佳那が気色ばんだので、望月は慌てて訂正した。

「いや、レベルっていうか、立場が違うってことだよ」

「昭ちゃん、口が滑ったね」

佳那が冷ややかに言う。

「ごめん。俺、頭が痛いから、今は喧嘩したくないんだ。謝るよ、ごめん」

望月はジュースのグラスを置いて、洗面所に向かった。出勤時間が迫っていて、喧嘩している場合ではない。

だが、佳那は文句を垂れながら、望月の後をついてきた。

「昭ちゃんの必死と、私の必死と比べたって意味がないと思う。そりゃあ、あなたは大変でしょう。わかるわよ。でも、私の必死もわかってよ。私は何もすることがないから、今のうちに子供が欲しいのよ。三十までに二人は欲しいと思ってる。だけど、あなたは東京に来てから、毎日遅いじゃない。日曜だって出勤してることが多いよね。お夕飯もほとんど私一人で食べてるし、あなたが帰る頃には寝てる。たとえ起きてたって、あなたは泥酔してるから何もできないでしょう。まさか、東京に来て、こんな生活するとは思わなかったわ。いや、東京だけの問題じゃないよね。福岡にいたってそう。つまり、結婚すること自体がつまらないんだよ」

自分との結婚を貶《けな》されるとは思わなかった。ショックを受けた望月の顔を見て、佳那が横を向いて謝った。

「ごめん、言い過ぎた」

「そうだよ。佳那はディズニーランドが見えて嬉しいって、言ってたじゃないか」

「最初のうちはね」佳那がふて腐れたように言う。「もう、そんな魔法も解けたよ」

望月は、佳那の変化にまったく気付いていなかった。同じ証券会社勤めだったから、どんなに忙しくしていても理解を得られていると思っていたのだ。

「わかった。これから気を付ける」

望月は素直に謝った後、やや乱暴に洗面所のドアを閉めた。ドアの向こうから、佳那の声が聞こえる。

「昭ちゃん、反省してるのなら、今日早く帰って来てよ」

「そうするよ」

昨夜、兜町の幸運児、亀田優成と会った話を佳那にしようと楽しみにしていたのに、話し損ねたことを残念に思っている。だが、出勤すれば、そんなことはすぐに忘れてしまうのもわかっていた。今の望月には、佳那の悩みなどより、いかに優成と近付くか、ということしか念頭になかった。

シャワーを浴びた後、望月は何も食べずに家を出た。タクシーをつかまえ、兜町の本社に向かう。途中、開いているスーパーを見つけたので、タクシーを停めて待たせた。そこで二日酔いの飲み薬を買って、その場で飲み干した。

何とか八時の始業時間には間に合って、ほっとする。昨夜は、山田が勘定を払ったに違いないから、調査部には近付かないようにして、自分の部署である国際部のフロアに向かった。

望月の仕事は、金融商品を市場で運用することだ。客から金を預かり、投資で儲け、手数料を得る。もちろん預かる金が多額であればあるほど儲けが大きいのは、当然である。

福岡支店での営業業務と違うのは、国際部なので視野が広い。

欧米の市場の動向などのデータが日々欠かせないが、それは動向を専門に見て調べるバック部門からの情報提供によらねばならない。バックの人間との緊密な関係も重要なので、望月は気を遣っていた。

「おはようございます」

望月は、すでに電光掲示板とクイックを睨んでいる同僚に挨拶したが、その男は望月を無視して何も言わなかった。彼は、望月が英語ができないことを知って馬鹿にしているのだ。望月のような鈍くさい田舎者が、人より成績が少しいいからという理由だけで、なぜ本社の国際部なんかに来られて、しかもロンドン支社行きを狙えるのか信じられない、と陰口を言い触らしていると聞いたこともある。

しかも、アメリカやヨーロッパの市場を見るには、時差があるから労働時間が長くなる。それで、毎晩、銀座で呑み歩く望月が気に入らないのだろう。あまり露骨に馬鹿にされると、さすがの望月も萎縮してしまうのだが、今日は平気だった。亀田優成と知り合ったからである。

これから、優成の取り巻きの一人に連絡して、昼飯の場所に現れるつもりだ。どんなに嫌われても、コバンザメのように優成にくっつき、おこぼれをもらうつもりでいた。

「もしもし、望月と言いますが、川村《かわむら》さんですか」

望月は名刺を見ながら、「優成ボイス」の社員に電話した。昨夜、飲み歩く途中で名刺交換ができた唯一の男だ。

川村は眼鏡を掛けたおとなしそうな男で、終始、優成の側《そば》にいて、黒い鞄を抱えていた。優成は、数千万の現金を入れた鞄を側近に持たせて、料亭やバーを渡り歩いていると聞いたことがあった。川村はその金庫番かもしれない。

「はい？」

案の定、川村は電話の相手が誰かわからない様子だ。

「昨夜、途中から合流させて頂いた、萬三証券の者です」

「ああ、望月さん。わかりましたよ」明るい声に変わった。「昨日はお疲れ様でした」

「いえ、亀田先生にすっかりご馳走になってしまって、すみません」

「いいですよ。毎度のことですから。どうぞ、お気になさらないでください」

「いや、そうは言っても、ご馳走になったのは事実ですから、亀田先生に申し訳なかったと、お伝え頂けますか」

「はい、伝えておきます」

電話を切られそうになったので、望月は慌てて言った。

「それでですね。昨日のお礼に、亀田先生に昼飯を奢りたいんですが」

「いや、いいですよ」

「ほんの気持ちです」

望月は強引に言った。

「わかりました。本人に言っておきますから、こちらからお電話します」

「すみません」

連絡などないかもしれないと思ったが、五分後には電話がかかってきたので、望月は勇んで出た。

「もしもし、望月です」

「ああ、望月さん。あんた、律儀だね。そんなのいいのに。俺言ったでしょう？　金が金に見えない病に罹《かか》ってるって。だから、気にしないでよ」

優成本人だった。

「亀田先生ですか？　それはどうも。それにしても、そんな病なら、私も罹りたいです」

望月がそう言うと、優成は怪鳥のような甲高《かんだか》い声で笑った。

「昨夜は、私のような初めて会った男を、高い店にばかり連れて行っていただき、本当に恐縮しております。私のサラリーじゃ夜の飯は奢れませんが、せめて昼飯でしたら何とかなりますから、よろしければ」

こうなると、望月の舌は滑らかだ。すると、優成が乗ってくれた。

「あ、そう。じゃ、奢ってもらおうかな」

「はい、是非」

望月の心が躍った。借金してでも、奢ろうという気になる。

「じゃ、八重洲の萬来軒《ばんらいけん》という店で、十一時四十分に会いましょう。そこのタンメンが旨いから奢ってよ」

優成は気軽に言った。

「タンメンでいいんですか？」

日に何億と懐に入り、すでに何百億も儲けている男がタンメンか、と望月は驚いた。

「いいよ。俺、大好きだもん」

「では、伺います」

「じゃ、そろそろ前場始まるんで失礼します」

優成の最後の口調は、あたかも儀式が始まるかのように厳《おごそ》かに聞こえた。望月は、優成が礼儀正しいことに驚いた。

前場が終わった後、望月は萬来軒に素っ飛んで行った。兜町の本社から歩くと十分以上かかるため、タクシーに乗った。

萬来軒は街によくある、小さな中華料理店だった。その間口の小ささに驚いて中に入ると、すでに優成と川村が来ていて奥の席に座ろうとしていた。

「すみません、遅くなって」

望月は駆け寄って挨拶した。優成がゆっくりと振り向く。ノーネクタイのワイシャツ姿で、長髪を肩に垂らしている。目と目が離れた子供っぽい顔が、銀座で見た夜の表情と違って精悍《せいかん》に見えた。

「ああ、望月さんだっけね。どうも」

「そうです。昨夜は勝手に合流させて頂いて、ご馳走になりました。すみません」

望月が直立不動で謝ると、優成は面倒くさそうに手を振った。

「そういうのいいから、座ってよ」

川村がメニューを見ながら、あれこれ注文している。ビールに餃子、野菜炒め、タンメン。時間に追われる証券マンは、食べるのが早い。それでも、そんな量を短時間で食べられるのかと驚いていると、二人は運ばれてきた順にさっさと食べ始めた。

「望月さんもどうぞ」

ビールを注がれた。ようやく前夜の酒が抜け始めたのに、望月はビールを呷《あお》った。そして、優成らに倣《なら》って、急いで食べ始めた。

「望月さんは、国際部だってね」

「そうです」

「もしかすると、うちの会社に入りたいの？」

「そういうわけじゃないんです」

優成の「優成ボイス」は仕手株集団だから、短期間での大儲けを狙っている。それは、優成の力もあって、ことごとく成功してきた。だが、すでに目を付けられているだろうから、何か少しでも引っかかりがあったら、いずれは当局に挙げられるだろうという危惧があった。

望月の狙いは、顧客をしっかり摑んだまま海外に行き、そこで彼らのプライベートバンクのような役割をして、裕福に暮らすことにあった。そのためには、優成から有益な情報をもらって、客を引き留めたいと思っている。

「私は、証券会社の社員で満足なんです。ただ、亀田先生のような、戦国武将みたいな生き方に憧れを持ってます。そんな風に生きられたら、どんなにカッコいいだろうと思って、憧れてるんですよ。だから、昨夜、亀田先生を間近で見て、本当に興奮しました。長年の憧れの女優さんに会ったような感じですよ」

「女優か」

優成がまた甲高い声で笑って、タンメンを啜った。

「本当です。私は、亀田先生の人となりに興味があるんです。どうやったら、そんな神通力、いや、動物的って言うんでしょうか。そういう勘を持てるのだろうと思って、不思議でならないんです」

それは本当だった。株は勘だけでは当たらない。世の中の動き、それも血流にも似た流れが滞っているのか、滑らかに流れているのか、その濃度は濃いのか薄いのか、はたまた中洲《なかす》に引っかかってはいないのか等々。世の動き、人の心を読んだ上での、さらには数字の分析と根拠が必要となる。優成はその総合値が極めて高いのだった。その勘でもって、仕手戦を仕掛けるから、今のところ、百戦百勝に近い。

仕手筋だとて、いろんなパターンがある。優成の場合は、安値で仕込んだ株の値を吊り上げて、市場で売り抜けるというオーソドックスな方法だった。それも短期で利を得るのが、天才的にうまかった。

「じゃ、望月さん。しばらく夜の遊びに付き合ってくださいよ。俺も自分を知りたいから、教えてよ」

「はあ、喜んで」

「今日はどこに行こうか」

優成が川村の顔を見て訊ねる。

「最近は、『新桑名《しんくわな》』ですかね」

川村が手帳を見ながら答えた。それは、築地あたりの料亭の名前らしい。優成が有名料亭で芸者を呼んで夕飯を食べてから、銀座を飲み歩くのは有名だった。

「望月さん、あんたも来るかい?」

「『新桑名』という店です」川村が言い添えた。「六時です」

「私などが行ってもよろしいのでしょうか」

「いいよ」と、優成は軽く答えた。「実はね、望月さん。奢ってもらったから返すという人は、あんたが初めてだよ。俺が奢るヤツらはみんな、金が金だと思えなくなってるんだ。俺と同じでさ」

優成と川村は、大量の食物をものの二十分で平らげて、「じゃ、ご馳走さん」と立ち上がって去って行った。あっという間の出来事だった。

その夜、約束通り、望月は『新桑名』に向かい、優成らと銀座のバーを三軒ハシゴした。帰宅したのは、午前二時。昨夜と同じく酩酊して、冷蔵庫を開けた。オレンジジュースのパックに口を付けようとして、佳那との朝の約束を思い出した。

「仕方ねえよ」

望月は小さく呟いて、ダイニングテーブルの椅子に腰掛け、パックに口を付けた。翌朝のことを考えると、憂鬱だったが、一方では自分の仕事に理解を示してくれない佳那に苛立ちも感じていた。やがて、そのまま寝入ってしまった。

4

望月は、優成の秘書的な役割をしている川村と親しくなった。

「柳」で最初に会った時、望月が名刺を差し出したところ、隣に座っていた川村だけが交換に応じてくれたのが、きっかけだった。電話で親切に対応してくれて、優成と会えるように便宜を図ってくれたのも川村だった。

川村の方も、朝から晩まで一緒にいる優成とたまには離れたいらしく、週末など、二人で呑みましょう、と誘ってくれたりもするようになった。

川村は望月と年齢も同じ、二十五歳。鳥取出身で、専門学校卒だという。その点も、地方の名もない私立大学出というコンプレックスを感じている望月には、大きな共通点だと感じられた。

そして、もっとも顕著な共通点は、互いに株の世界で成功し、大金を儲けるだけでなく、あの人は凄い、と言われたいと思っていることだった。

「優成さんは、ああ見えても、すごく真面目な人なんですよ」

ある日、「柳」で二人で会った時に、川村がビールを飲みながら呟いた。川村は、優成と一緒にいる時はいつも水割りを飲んでいたが、本当はビール党らしい。望月と一緒に呑む時は、最初から最後まで、旨そうにビールを飲んでいる。

「僕はそうかもしれない、と思ってましたよ」

望月が言うと、川村がふと興味を覚えたらしく、望月の顔を見た。

「へえ、どんなところがですか？」

「優成さん自身から電話をもらったことがあるじゃないですか。そう、タンメンの時ですよ。そしたら、優成さんが『これから前場が始まるから』というようなことを言って、電話を切ったんですよ。その時、何て言うか、厳かな感じがしたんです。だから、真面目な人なのかなと思ってました」

望月が答えると、川村が頷いた。

「さすが、いい勘ですね。その通りです。あの人はすごく仕事熱心で、朝早くから夜遅くまで、ずっと会社にいて、社員を怒鳴りまくってます。この間、望月さんとの昼飯に出かけて行ったのは、僕も本当にびっくりしました。昼に外食なんて、滅多にしないんです。いつも出前をかっ込んでるんですから。それに、自分から電話しようなんてこともない」

「それは驚きだな」

「優成さんは、望月さんのことが気に入ったんですよ」

「どうしてだろう」

「昼飯で奢り返すと言ったことや、望月さんが萬三証券にお勤めだってところだと思いますよ。お返しに昼飯をご馳走するって言う人は一人もいなかったし、あと失礼ながら、萬三さんは、四大証券会社じゃないですよね。日本の株式は、あの四大証券が牛耳っている。だから、一人でがむしゃらに話しかけてきた望月さんのことが、気に入ったんじゃないかと思います。優成さんも、言うなればゲリラで、一匹狼ですからね」

その通りだった。萬三証券は大手だが、四大証券には敵わない。東京に来てからというもの、出身大学名と同様、その疎外感と悔しさを味わうことの方が多かった。

「光栄ですよ」

望月はビールグラスを掲げてみせた。川村も応じて乾杯の仕種《しぐさ》をした後、続けた。

「あとね、夜な夜な芸者を揚げて、一千万遣うってのも嘘です。安い定食屋で、サバの味噌煮定食とか食べたりしてますよ。望月さんも行かれた『新桑名』だって、週に一、二回ですかね。この間は、たまたま予約してたんで、お誘いしたんですよ」

「何だ、そうか。いつもああなのかと思ってました」

料亭では、初めて食べる懐石料理のコースが出たばかりか、馴染みの芸者まで来て、望月は度肝を抜かれたのだった。

「がっかりしましたか?」

「いや、ますます優成さんが好きになりました」

「でしょう?」

川村が右手で黒縁の眼鏡の位置を直しながら言った。それは川村の癖だ。

「僕ら、優成さんも含めて、田舎の兄ちゃんの集団なんですよ。学歴もないですしね。株で儲けたい田舎の兄ちゃんたちが、カリスマ性のある優成さんの下に馳せ参じてるって感じですかね。

だって、証券業界って、昔からの変な仕手筋のオヤジもいるけど、会社の幹部は基本的には東大出たエリートオヤジの集まりでしょう。僕ら入ったたって兵隊だ。みんな兜町で、偉そうにふんぞり返っている。それに対して、ひと泡吹かせたいってのがあるんです」

「わかります」

望月は頷いた。株屋と言えば泥臭く、胡散臭い輩も多い。だが、証券会社はれっきとしたエリート集団だ。その落差間を、様々な出自や野望を持った男たちが蠢いているのが、株の世界だ。

「今度、優成さんは、本格的に資金を集めることに注力するそうですよ。仕掛けます」

川村が声を潜めて囁いた。

「資金は、どのくらい集めるんですか」

望月も、川村に倣って声を低くした。

二人がひそひそ話を始めたので、横に付いて、ひたすらビールを注いでいたホステスの万里は、どこかに離れて行った。

「できる限り。例えば、一人一千万集めれば、百人で十億ですよね。千人集めれば百億。それで一社の株を買えば、たちまち値上がりします」

当たり前の話だった。それで、値を吊り上げ、高い時に売り抜ければいいのだ。が、それだけの金を集められないから苦労している。

「そのあたり、優成ボイスの高額会員にこっそり連絡するつもりなんです」

優成がやっている、「優成ボイス」という投資情報誌の会員は、その納める会費額で情報に差が付けられている。望月は一番廉価な一万円会員だった。

「ボイスで、告知はしないんですか？」

「したら集まるけど、どうかな。僕はそれには反対してます。何かトラブルがあると、返済できないんじゃないかと思って心配なんです。でも、優成さんはやると思います」

確かに危険ではあるが、証券会社だって客から預かった金で投資している。その額が大きければ大きいほど、株価が上がった時の利ざやは大きい。同じ原理だった。

「川村さん、その、仕掛ける社は決まってるんですか？」

望月が一番訊きたいことだった。すると、川村は一瞬、躊躇うように望月の顔を見た。話していいものかどうか、迷ったのだろう。

「川村さん、言わなくてもいいですよ。機密を教えてほしいから、会ってるわけじゃないもの」

望月は慌てて手で制した。

「いや、優成さんだって、望月さんにはきっといつか喋ると思いますよ。どっか気が合うって言ってたから」

「ほんとですか？　嬉しいな」

望月は相好を崩して喜んだ。

「本当です。いつも、望月さんを、うちに引っ張りたいと言ってますよ」

「ありがたいな。ほんと、光栄ですよ」

それは口先だけだった。望月は、危ない橋は渡りたくないと思っている。そこは、優成の情報を利用するだけしようという、証券会社サイドの考えだった。が、川村には、口が裂けても言えない。

「実はね、新昭和製薬なんですよ。これは本当に秘密なんですが、エイズの特効薬を開発したという情報があるんです」

「えっ、遂にできたんですか」

望月の声に、川村の方が驚いたようだ。

「ご存じでしたか」

佳那が、福岡で新昭和製薬の株を客に売った、と聞いたことがあった。どんな客なのかは知らないが、確かエイズの特効薬を開発しているから、とその理由を聞いたことがあった。

佳那も株価が上がったと聞いたら、さぞかし驚くことだろう。

「はい。以前、福岡支店で妻が扱ったことがありました。でも、そんな製薬会社に優成さんが目を付けるとは思わなかった」

「ああ、なるほど。奥さんも同じ会社にいらしたんですね」

「そうです。もう会社を辞めて、専業主婦になりましたが」

川村は独身である。理解のある奥さんがいると」

「いいなあ。理解のある奥さんがいると」

まあね、と望月は口の中で答え、佳那との会話などを思い出してほろ苦い気分になった。早く帰るという約束を破って、午前二時に帰った日は、一日口を利いてくれなかった。

もっとも夜が遅いので、普段の会話は朝の三十分程度だから、そう堪えてはいない。土日もこうして仕事の関係者に会うことが多いから、佳那のことはほったらかしているような状態だった。

「そうでもないですよ。証券は夜遅いし、朝早いから、うんざりしてると思います」

「しょうがないですよね。この金あまりのバブルに、奔走しない方がおかしいですよ。だけど、私も結婚したいです。でも、こんな朝から晩まで制約されているから、女の人に出会うこともできません」

川村が情けない顔で言う。望月は一緒になって笑った後に、一段と声を低めた。

「ところで、川村さん。うちも買いに走っていいですか」

「新昭和ですか？」

「そうです。いつ頃から始まるのでしょう」

「来週には」

だったら、顧客には後で話せばいいから、新昭和製薬の株を買いまくろうと思った。そして、優成と一緒に高値で売り抜くのだ。望月は血が滾《たぎ》るのを感じた。佳那の憂いなど、気にもならなかった。

翌週、新昭和製薬の株を高値で売り抜いて、望月は自分の特Aの客ら、山鼻や須藤に儲けさせることができた。山鼻には結婚祝いとして、佳那ともども豪華な招待を受けたから、恩返しができて安堵した。また望月も、元手の三千万を五倍にすることができた。いずれ、浦安のマンションは売って、都心に越そうかと考えている。

土曜の午後、珍しく予定がなかったので、昼過ぎ、望月はまっすぐ社から帰宅した。佳那と、そろそろ都心に越す相談をしようと思っている。だが、佳那は出かける予定らしく、いそいそと化粧をしていた。

子供を作る話の時に逃げて以来、佳那はその話を望月にしなくなった。そして、美蘭としょっちゅう出かけるようになった。六本木、青山、原宿と出歩いては、服や靴、バッグなどを買いまくり、浪費を楽しんでいる。望月としては問い詰められないので楽だが、佳那の変貌が著しいので、少し心配でもあった。

望月は、佳那と待ち合わせて、夕食を食べようと提案するつもりだった。話しかけようとすると、佳那が突然振り向いた。

「昭ちゃん」

「うん？」

たった今、思い出したようで、眉を片方しか描いていない。

「大変。言うの、忘れてたわ」

「何だよ」

「明日の日曜、どこかに出かける予定ある？」

「うん、大丈夫だ。何もないよ。何かあるの？」

「明日ね、みやちゃんが遊びに来るのよ」

みやちゃん？　望月はぴんとこずに首を傾げた。

「覚えてないの？　みやちゃんだよ。伊東水矢子」

「ああ、覚えてるよ、もちろん」

しかし、名前を聞いても、すぐに思い出せないくらい、水矢子は遠い存在になっていた。一時は、三人で東京に出ようと約束していたほどなのに。確か、受験に失敗して、第三志望の女子大に入ったという話は聞いていた。

「みやちゃん、今どうしてるの？」

「志望校じゃないし、いろいろあるみたい」

夜の中洲でばったり会った時の、水矢子の戸惑ったような濃い化粧の顔を思い出している。

「へえ、明日の何時？」

「お昼を一緒に食べようって誘っておいた。だから、十二時には来るよ」

週に一度の休みだから、昼過ぎまで寝ていたい。しかし、佳那と水矢子は仲がいいから、それは許されないだろう。

「わかった。そのつもりでいるよ」

「よろしく」

佳那はそれだけ言うと、鏡に向き直ってもう片方の眉を描いた。

綺麗な弧が、もう片方、完璧に描かれると、急に顔がはっきりと美しくなった。

「今日はどこに行くの？」

「美蘭ちゃんと、買い物行ってご飯食べる」

「仲がいいね。年下なのに」

「何言ってるの。あの子、私より年上なのよ。はっきり言わないけど、昭ちゃんよりも上かも」

佳那が可笑しそうに言うので、望月は仰天した。

「すごく若く見える」

「山鼻さんに言っちゃ駄目よ。内緒なんだから」

「ばれたら、どうなるんだろう」

呟いただけだったが、佳那がきっとした顔で振り向いた。

「だから、言っちゃ駄目だって」

佳那の剣幕に驚いて、望月はたじろいだ。やっとスーツのジャケットを脱いで、ネクタイを取る。佳那が椅子の背に掛けてあった、エルメスのバッグを腕に掛けた。佳那は、山鼻に贈られたブルーのバッグを、とても気に入っていた。

「みやちゃん、何か相談ごとがあるんだって。恋愛相談かしら」

不意に、望月は川村のことを思い出した。

「そうだ、川村さんが結婚したいって言ってるんだけど、みやちゃん、紹介したらどうだろう」

「そんなこと、安易にしない方がいいわよ。みやちゃん、ああ見えて潔癖症じゃない」

「そうだっけ」

水矢子のことなど、考えたこともない望月は投げやりに言った。佳那が出かけてしまうのなら、ビールでも飲もうと考えている。

「ところで、俺の飯は？」

「適当に食べて。私は美蘭ちゃんが青山のイタリアンに行こうって言うから、行ってくる」

「いいなあ、俺も行きたい」

「駄目よ、来ないで」

佳那の剣幕に気圧されて、望月は後ずさりした。


日曜の朝、気配を感じて目覚めると、ベッドの横に腕組みをした佳那が立っていた。

「何だよ、どうしたの」

昨夜、遅くまでリビングで一人酒を飲んでいた望月は、目覚まし時計を見上げた。まだ九時過ぎである。

「今日、みやちゃんが遊びに来るって言ったでしょう」

「まだ早いよ」

布団を被《かぶ》ろうとすると、勢いよく剝がされた。

「掃除するんだから、早く起きて」

ベッドを追い出された望月は、仕方なく散髪に行くことにした。まずは近所の喫茶店に入って、コーヒーを飲みながら新聞数紙を丹念に読んだ。床屋で全体を短くしてもらってさっぱりしたところで、マンションに帰る。すでに、午後一時近い。

このままどこかに行ってしまいたいほど、佳那の朝の態度に腹が立っていた。慢性的な睡眠不足で、疲労が溜まっているのに、たたき起こされたのだ。しかし、部屋に戻らなければ、事態はもっと悪くなる。せっかくの日曜に、佳那といがみ合いたくなかった。

いやいや玄関ドアを開けると、三和土《たたき》に脱いである派手なサンダルが目に入った。紫色でヒールが高く、前に大きなリボンが付いている。佳那が履いていた記憶がないので、これはあの地味な伊東水矢子が履いてきたものか、と驚いた。

リビングからは、二人の女の笑い声が聞こえてくる。水矢子の声は、あんなに高かっただろうか。望月は好奇心に駆られてドアを開けた。

「ただいま」

「お帰りなさい」

佳那が一瞬、壁の時計を振り返ってから、望月に言った。遅くなった理由はわかっている、とでもいうような皮肉な顔だった。

「どうも。お久しぶりです」

こちらに背を向けて座っていた女が、振り向きながら立ち上がる。水矢子だとは、すぐにわからなかった。ショートボブだった髪は肩より伸ばして、緩やかに巻いてある。白い顔に真っ赤な口紅、目の上には、薄いブルーのアイシャドウがうまく塗られていた。地味な顔立ちに、化粧が映えて妖艶だった。しかし、紫系の小花模様のドレスは可愛らしく、メイクと合わない。

以前、中洲で見かけた時の濃い化粧は、まるで舞台メイクのように不自然だったが、そのそぐわなさが若さを引き立てて、逆に魅力的だった。

しかし今、綺麗に化粧を施した水矢子は隙がなく、何をしているのかわからない不穏さを身に纏っている。水矢子にいったい何が起きたのだろう、と望月は驚いて立ち竦んでいた。

「昭ちゃん。みやちゃん、綺麗になったでしょう」

佳那がいたずらっぽく笑う。

「うん」と頷いて、水矢子の顔を改めて眺めた。「ほんと、誰だかわからなかった。垢抜けたね」

「あら、誰だかわからないなんて、失礼よね」

佳那がふくれて見せると、水矢子はにっこり笑って受け流し、グラスを掲げた。

「望月さん、お先にビール頂いてます」

「あれ、みやちゃん、お酒飲めるようになったの？」

望月は驚いた。飲めないと聞いていたが、いつの間にか、いける口になったらしい。

「昭ちゃん、座ってよ」

佳那に言われて、望月は仕方なく水矢子の前に座った。テーブルの中央には鮨桶がでんと置かれ、周囲にサラダやつまみ類などが出ていた。

「この、ちらし、私が作ったのよ」

佳那が自慢げに言うと、水矢子がすかさず褒める。

「すごく美味しいです。佳那さんて、何でもできるんですね」

萬三証券で事務員をしていた時の水矢子は、およそ愛想など言ったことのない冷静な女だったのに、ここにいる水矢子は、まるで調子のいいホステスのようだ。

「みやちゃん、今何してるの？　学生じゃなかったの？」

望月はビールに口を付けてから、水矢子の顔を見た。

「まだ学生ですよ。K女子大文学部一年生」水矢子は平然と答える。「でも今、こういうこともしてるんです」

傍らに置いてある籐製の籠バッグをぱかんと開いて、手慣れた仕種で赤革の名刺入れを取り出し、望月に一枚くれた。

「よろしくお願いします」

手渡された名刺を、佳那も一緒に覗き込んだ。「占い『南郷明星《みょうじょう》』アシスタント　伊東みやこ」

「いやだ、みやちゃん、占い師になったの？」

佳那がよほどびっくりしたのか、頓狂《とんきょう》な声を上げた。

「まさか。よく見てください。南郷先生のアシスタントですよ」

名刺の横に書いてある小さな字を指し示す爪には、桜色のマニキュアが施されている。水矢子は、何から何まで自分を加工し始めている、と望月は興味深く思った。

「でも、占いもするんでしょう？」

佳那の口振りは、好奇心が漲っている。今にも、自分を占ってくれと言いそうだ。

「しませんよ、アシスタントですから。てか、できません。私は秘書的なことをして、先生を支えています」

「その先生がいない時に、代わりに占ったりはしないの？」

望月の問いに、水矢子は笑い崩れた。

「代講じゃないんですから、しないですよ。占いは南郷先生しかしません」

「何だ、つまんないな」と、望月も釣られて笑った。

「ねえねえ、みやちゃん。名前、ひらがなに変えたの？」

佳那が、望月の手から名刺を取り上げて訊いた。

「先生に、その方が運が開けると言われたんです。実際、よくなってるし」

ごくごくとビールを飲む水矢子の白い喉首《のどくび》。望月は皿にちらし鮨を盛りながら、水矢子は変わったな、と再度思った。以前は、いつも眉根を寄せて辛そうな顔をしていたが、今は猛々《たけだけ》しく見える。よほど、南郷という占い師のところが肌に合っているのかもしれない。

「みやちゃん、この間の電話じゃ、引っ越しできたって言ってたじゃない。それで問題は解決したの？」

佳那が心配そうに訊くので、望月は立ち上がって、冷蔵庫から新しいビールを出した。

「はい、もう大丈夫です。今、南郷先生の家に住み込んでますから。前のアパートにいた時、二階に変な男の人がいてうるさかったんですよ」

「へえ、どんな風に？」

望月はビールの栓を抜きながら訊ねた。

「W大の学生なんですけど、やたらと近付いて来るんで気持ち悪かったんです」

「みやちゃんが色っぽいからだよ」

望月がからかうと、水矢子が厳然と頭を振った。その頑《かたく》なな様は、福岡時代を彷彿させた。

「そんなことないです。南郷先生のところに行く前の出来事なので関係ないです」

つまり、南郷という占い師のところで、こんなに色っぽくなったのか、と望月は思った。

「南郷って、男の先生？」

「いやだ、女の人ですよ」と、水矢子が笑った。

不埒《ふらち》なことを考えていた望月も苦笑いする。

「だったら、よかった。安心だわ」

佳那が、空になった水矢子のグラスにビールを注いだ。水矢子がビールを飲む様を、望月は箸からぽろぽろと鮨飯をこぼしながら眺めた。水矢子の変身は、さなぎが蝶になったような劇的な変化だった。

「昭ちゃん、みやちゃんに頂いたワインがあるの。それ、頂く？」

頷くと、佳那は立ち上がって冷蔵庫からワインを持ってきた。

「すごく高そうなワイン。ごめんね、気を遣わせちゃって」

「いいんです、これはお礼ですから。望月さん、ありがとうございます」

水矢子が両手をテーブルに揃えて置き、望月に一礼した。望月はわけがわからず、その桜色に塗られた爪を見ながら、訊ねた。

「何のお礼？」

「新昭和製薬の株です」

優成が仕掛けた銘柄のことだ。以前、水矢子に紹介された美穂に、佳那が売ったことがある。

「それがどうしたの」

水矢子は何を言いたいのだろうか。怪訝に思っていると、佳那が口を挟んだ。

「私がみやちゃんに教えてあげたのよ」

望月が、エイズの特効薬を開発したという情報があるので、優成が仕掛けるらしい、と佳那に喋ったことがあった。その情報を、佳那は水矢子に話したのだろう。

「たまたま、私が佳那さんに電話したんです。引っ越しのことで相談しようと思ってたけど、もう引っ越しできたから、安心してくださいって。そしたら、佳那さんが、美穂さんに売った新昭和が値上がりするよ、美穂さんに教えてあげて、もう少し買うように薦めたら、と言ってくれたので、まず南郷先生に伝えたんです。先生は株を少しやってるんですよ。それが見事に当たったんで、南郷先生はすごく喜ばれて、これをお礼として持っていきなさいって」

望月は驚いた。

「それは、よかったけど、肝腎《かんじん》の美穂さんには伝えたの？」

佳那が売った株だから、美穂には儲けてほしいが、縁もゆかりもない南郷なんかには教えたくない、というのが本音である。

「はい。でも、美穂さんは、まだ上がるんじゃないかって、ずっと持っていて売りそびれたみたいです」水矢子は楽しそうに喋る。「でも、スリリングで面白かったって、言ってました」

望月は黙って、佳那の方を見遣った。佳那も驚いたのか、無言で望月と目を合わせた。水矢子は二人の目配せには気付かない様子で、明るく言った。

「それで、望月さん。またそういう銘柄があったら、教えて頂けませんか？　そのお礼は必ずしますから」

「みやちゃん、そんなの簡単にわからないし、わかってもすぐには教えられないわよ。わかってるでしょ」

佳那が諭した。情報を得るのは簡単ではない。第一、金がかかっている。亀田優成は、客から金を集めて仕掛け、その情報を高く売るし、自身も儲ける。それはビジネスだから真剣勝負だ。望月は自費と才覚で優成に近付き、川村という知己を得て、何とか一緒の波に乗ろうとしている。こちらも、ひとつ間違えば客の信用を失う。命懸けだ。そこに、何もしない水矢子がリスクもなしに割り込むのは、いくら知り合いでも図々しいのではないか。

「ええ、わかってます。でも、毎回じゃなくていいんです。しかも、ちょこっとでいいんです。でも、年に二回くらい教えて頂けたら何でもする、と先生が仰ってます」

「つまり、これはみやちゃんじゃなく、南郷先生の希望なんだね」

望月はもらったワインの栓を抜いた。瞬間、樽の芳香が匂った。高いワインらしいことは想像がつく。

「そうです。南郷先生は、株を当てることで、顧客をさらに摑みたいと思っているんです。その意味では、望月さんのお仕事とも似てませんか？」

自分は占い師みたいなものか。望月は苦く笑う。確かに、当てて客を得ようとする意味で、同じではある。

「だったら、優成ボイスの会員になればいいよ」と、望月は言った。

「優成ボイス？」

水矢子は知らないらしく、首を傾げた。

「亀田優成って、『兜町の幸運児』って呼ばれている有名な男の会員制情報誌だよ。中に袋綴じのページがあるからさ、それを開くと値上がりしそうな優良銘柄とかが書いてあるよ」

水矢子は、不満そうに唇を尖らせた。

「望月さん、それじゃ駄目なんです。お金を払って、皆が得られるような情報じゃ、駄目なんです。この間の新昭和のように、何かどかんとくるのがいいんです」

「それは無理だよ」

望月は、何と都合のいいことだろうと笑った。すると、望月の顔色を読んだのか、水矢子が反論してきた。

「もちろん、ただじゃないんですよ。情報を頂いたら、きちんと望月さんには代金をお支払いするつもりです」

「ほう、どのくらい？」

「どのくらいなら、ご納得頂けますか？」

水矢子の口調は、まるで営業マンである。

「ちょっと、みやちゃん」

注意しようと思ったのか、佳那が声を荒らげたのを、まあまあと望月は押し止《とど》めた。

「情報が全部当たるとは限らないんだから、そんなの金は取れないよ。その代わり、客を紹介してくれない？　その南郷先生のところに、どのくらい株の情報を知りたいヤツが来るのか知らないけど、その方が有難いよ」

「わかりました。必ず、ご紹介します」

水矢子は、萬三証券の事務員時代に戻ったように、きびきびと言った。

「ねえ、みやちゃん自身は、南郷先生にちゃんと占ってもらったことがあるの？」

佳那が、ワインを飲みながら水矢子に訊いた。

「はい、私が南郷先生のところに行ったのは、引っ越しのことで悩んでいたからなんです。以前、佳那さんにお電話したら、お忙しそうで相談できなかったんですよね。それで、W大の男のことで悩んでいたものですから、藁《わら》にも縋《すが》る思いで『占い』という看板が出ている家に行ったんです。そしたら、南郷先生に、あなたの名前の『水』がいけないって言われました。だから、『みやこ』と漢字を開いた方がいいって」

「それで名刺が『かな』なのね。水がどうしていけないのかしら」

俄然興味を抱いたようで、佳那が身を乗り出した。

「私に『さんずい』や『水』は御法度なんだそうです」

「そうかな。水矢子って、とてもいい字面だと思うけど」

「だけど、改名したら変わるよって言われて、『みやこ』にしたら、何となくよくなりました」

佳那は感心したように頷いた。

「確かに、改名すると気分が変わっていいのかもしれないわね。他には何て言われたの？」

「あと、私は『風の人』だって言われたんです。風のように自由にあちこち行くんだそうです。その代わり、孤独だとか。何だか、当たっているように思いました」

「『風の人』か、何か詩的じゃない？」

佳那はすっかり魅入られたようだ。同意を求めるように顔を見るので、望月は「そうだね」と、いやいや返事をした。占いなんか馬鹿馬鹿しいと思っている。

「でも、私は名前に水が入っているから、『水の人』だったら都合いいのにと思ったんです。でも、違うって言われて、がっかりです」

「ああ、それで水という漢字や、さんずいは御法度なのね」

「はい、でも、『水の人』の説明聞いたら、そっちがいいなと憧れちゃって」

「へえ、どうして？」

「『水の人』は、常に皆と一緒の舟に乗ってるんだそうです。だから、人間関係がうまくいくんだって。私が思うに、佳那さんはどっちかと言うと、『水の人』っぽいですよ。違いますか？」

佳那はワインを飲みながら、首を傾げている。

「そうかな。私は違うような気がする。だって、浅尾さんたちに、すごく苛《いじ》められたじゃない。『水の人』が人間関係いいなら、そんなことないんじゃない？」

「そう言えば、浅尾さん、どうされてるんでしょうね？」

水矢子が思い出したように、望月の方を見る。

「浅尾さんは見合いして、すごく年上の人と結婚するって聞いた」

望月は口を挟んだ。福岡支店に用事があって電話した際に、元同僚から聞いた情報だ。佳那とは不仲だったので、敢えて伝えていない。佳那は俯いて何も言わない。

「でも、あの朝、全部ぶちまけた時の浅尾さんはすごい迫力でしたよね。ご乱心って、ああいうことを言うんだと思いました」

水矢子が溜息混じりに言った。

「よほど頭にきたんでしょうね」

佳那はそう呟いた後に、何かを知っているかのように望月の方をちらりと見た。望月は、あの時の浅尾の必死さは嫌いではなかったが、佳那の機嫌を損じるのが怖いので、曖昧に頷いてみせた。

佳那が、気持ちを切り替えるように水矢子に訊ねる。

「ねえ、みやちゃん。私は何の人だと思う？」

「佳那は『金《かね》の人』だよ。買い物好きだから」

望月は冗談を言ったが、佳那は平然と切り返した。

「『金の人』は、あなたじゃない。株価のことしか考えてない」

「南郷先生に聞いてみないとわかりません」

水矢子が、二人の間に割って入った。

「じゃ、南郷先生ご自身は何の人なの？」と、佳那。

「南郷先生は、自分で『土の人』だと言ってましたよ。何かを育てるといいんだとか」

「うわー、面白いわね」佳那が手を叩いた。「私も南郷先生に占ってほしいわ」

「ちょっと待てよ。その何とかの人って、あといくつあるの？」

望月の質問に、水矢子が指を折り始めた。

「私もよく知らないんですけど、多分、『風』、『水』、『土』。あとは『火』と『木』と、何だったかしら」

「『海』とかはないの？」

佳那が、ベランダの方角を指で指し示した。東京湾が見えるからだろう。

「『海』はなかったように思います」

水矢子が即座に答えた。

「アシスタントが知らないのか？」望月は水矢子をからかった。「じゃ、先生は何を根拠に、その何とかの人を決めるの？」

「それは私にはわかりません。何か乱数表みたいなのを見てます」

「乱数表？　ピッチャーじゃないんだからさ。ねえ、ハッタリじゃないか、その先生」

望月は呆れて言った。

「昭ちゃん、ちょっと。言い過ぎじゃない」

仮にも水矢子がアシスタントをしているのだから、と付け足したかったのだろう。

佳那は憤慨したように望月を睨んだが、水矢子は薄く笑っている。

「そういう部分はありますよ、絶対に」

「何だよ、どっちだよ？　みやちゃん」

「ハッタリかもしれないけど、これを信じたら楽だろうな、と思っているだけです。実際、信じてみると道が開けるような感じがあるから、これはこれで積極的になるための道具だ、と思えばいいんであって」

「クールだな」

水矢子は、本質的には変わっていない。おそらく「風の人」と言われたことも、半信半疑だろう。やはり、水矢子は根のところが賢くて聡《さと》い。油断できないから、自分は苦手なタイプだ、と望月は思った。そう思った途端に、なぜか川村を紹介したくなった。

「ところでさ、みやちゃん。さっき言った『優成ボイス』の社員と会ってみない？　そいつ、二十五歳で俺と同じ歳なんだけど、女の人と知り合うチャンスがないって焦っているんだよ。どう？」

「お見合いですか？」

水矢子がじろりと横目で見た。ブルーのアイシャドウが、重めの瞼《まぶた》によく似合っていた。

「まあ、そんなようなものだけど、別に気に喰わなきゃ断ればいいだけの話だよ。みやちゃんだって、そいつと仲良くなったら、いろんな情報を教えてもらえるんじゃないかな。亀田優成の秘書みたいなヤツだから、情報量は俺の比じゃないよ。その意味では」

佳那が慌てたように遮った。

「昭ちゃん、やめなさいよ。みやちゃんに余計なこと言うの。みやちゃんは、大学に入ったばかりなんだよ。これから、いくらでも出会いがあるでしょうが」

「実を言うと、私、大学に行っても無駄なんじゃないかな、と思い始めてます。だって、学費は高いし、授業もあまり面白くない。友達もできないし、そもそも女子大なんて行きたくなかった。私の貯金じゃ、学費はあと一年も保たないんです。だったら、南郷先生と一緒に働いた方が賢いかな、と思って」

水矢子は迷っている風に腕組みをした。

「せっかく入ったのに？　もったいないよ」

佳那が残念そうに言う。

「でも、私、二浪ですよ。二浪って、あまりに年上で、全然クラスの子とも合わない感じがするんです。社会に出た時は二十四歳ですよ。新卒で二十四歳の女を雇ってくれる会社があるでしょうか。不利なんだと、やっと気付きました」

金を貯めて東京の大学に行く、と宣言していた時の水矢子ではなく、失意の末に方針を換えようとする水矢子がいる。流されるのではなく、自分で進路を決めて進む姿は、さらに果敢に見えた。

「何だよ、全然、『風の人』なんかに見えないね。むしろ、『舟の人』だ」

望月がふざけて言うと、佳那も水矢子も笑い崩れた。

笑いを収めた水矢子が、ビールのグラスに口を付けた。グラスの縁に口紅が残っている。

「川村を呼んでやるよ。あいつも日曜は寂しいって言ってたから、電話してみる。どうせ昼過ぎまで寝てるだろうからさ。いいだろ、みやちゃん？」

「その人、本当に株のこととか、教えてくれるのでしょうか？」

水矢子が真剣な顔で訊ねる。

「当たり前じゃないか」

「じゃ、お願いします。会いたいです」

水矢子がきっぱりと言って頭を下げた。

望月が川村の部屋に電話をかけると、果たして川村は寝ていたらしく、寝起きの声で出た。

「望月さんですか。いやあ、驚いたな。どうしたんですか？」

「いや、お誘いですよ。川村さん、今日の予定、何かありますか？」

「別にないです。これから洗濯でもするかって感じです」

「じゃ、よかったら、うちに来ませんか？　福岡支店で一緒だった女の子が遊びに来てるんですよ。紹介しようと思って」

「えっ、ほんとですか」

女の子と聞いて急に目が覚めたかのように、川村の声が大きくなった。

「うん。何もないけど、うちの奥さんがちらし鮨とか作ってるし、手ぶらで来てくださいよ」

「わかりました、すぐに伺います。場所は浦安でしたよね。僕のうちは錦糸町《きんしちょう》なので、小一時間で駆け付けます」

案の定、川村は張り切った様子で電話を切った。いずれ、息せき切ってやって来るだろう。

リビングに戻ると、佳那が水矢子にエルメスのバッグを見せていた。山鼻の愛人である、美蘭について喋っている。

「その人がいろんなところに連れていってくれるけん、楽しいよ。福岡にいる時は全然縁のなかったブランド品ばっか買《こ》うとる」

「そうですか。佳那さん、全然、博多弁喋らなくなりましたよね」

「郷に入っては郷に従え、や」

久しぶりに博多弁で喋る佳那が、楽しそうに笑った。

「今度、みやちゃんも一緒にディスコとか行こうよ」

「ディスコですか」水矢子が苦笑いした。「私はちょっと無理です」

「みやちゃん、その南郷先生と一緒に暮らしてるうちに、老け込んだんじゃないの」

佳那がからかった。望月は内心、その通りではないかと思った。福岡時代の水矢子にあった尖った輝きが消えて、丸みを帯びた如才なさに変わった気がしてならなかった。

「みやちゃん、もうじき川村って男が来るから、楽しみにしてて。今、焦ってこっちに向かってるよ」

望月が水矢子に言うと、佳那が、出しゃばりね、とでも言いたげに望月を睨んだ。しかし、当の水矢子が会いたい、と言うのだから仕方があるまいと、望月は佳那の視線を無視する。

ほぼ四十分後に、川村が到着した。顔を洗っただけで、錦糸町からタクシーに乗って飛んで来たという。紺色のスーツ姿しか見たことがないが、日曜とあって、ポロシャツにチノパンというくだけた格好で現れた。

「どうも、初めまして。望月さんには、お世話になっております。川村といいます。どうぞよろしくお願いします」

川村は、菓子の箱とウィスキーのボトルを佳那に差し出した。佳那と水矢子の美しさに気圧されたかのように、額に汗を掻いている。

「手ぶらでいいのに、すみません」

佳那がキッチンに菓子の箱を持って引っ込んだので、望月は二人を引き合わせた。

「この人が、萬三証券の福岡支店で働いていた伊東水矢子さん。てきぱきと仕事をこなす有能な人です。うちの奥さんと仲がよくてね。福岡ではすごく世話になった」

水矢子は照れくさそうに笑って、否定する。

「褒め過ぎです。そんなことないんです」

「それで、今はK女子大に通っているんだよね」

川村は、美しく化粧をした水矢子を見て、頰を緩めている。

「川村です。川村伸行《のぶゆき》です。よろしくお願いします」

直立不動で挨拶をした。

「こちらこそ。実は私、この南郷さんという占いの先生のところで、バイトしてるんです」

水矢子は手早く名刺を差し出した。川村は手渡された名刺を見た後、驚いたのか、鸚鵡《おうむ》返しに言った。

「占いの先生のところでバイト、ですか」

「はい。先生が株の値動きについても、占っていきたいと言ってますので、ご教示願えますか?」

川村は困惑した顔で、望月の方を見た。話が違う、と思ったのかもしれない。

「教えてあげてくださいよ。俺なんかより適任でしょう」

望月が言い添えると、川村は真面目に答えた。

「私でよろしければ、喜んで」

「ありがとうございます。よろしくお願いします」水矢子が堂々と礼を述べた。

夕方、水矢子が夕飯を作らないと南郷が困る、と暇《いとま》乞いをしたら、川村が送って行くことになった。

「みやちゃん、株のために川村さんと付き合うつもりかしら。そのくらいのことはしかねない感じだったわね」

テーブルの上を片付けながら、佳那が嘆息した。

「目的のためには手段を選ばず、だろ」

「みやちゃん、変わったんで驚いたわ。あのお化粧と紫のサンダル、あれじゃ場末のホステスじゃない？　よほど、言ってあげようかと思った。趣味悪いよって」

佳那は酔ったのか、水矢子の変貌を詰《なじ》った。

「あれは、南郷先生とやらの趣味じゃないのか？」

「そうかも。確かにおばさん臭かった。みやちゃんて、きちんと仕事する人だったけど、あんなに合理的だとは思わなかったわ」

「苦労したんだろ」

ノルマをひいひい言いながらこなすうちに、変わってゆく同僚をたくさん見てきた。自分だって、いつの間にか海千山千の営業マンになっている。善良な客を欺《だま》したこともあるし、大損させたこともある。最初の頃は、申し訳ないと思っても、いつしか平気になった。亀田優成が、「金がさ、いわゆる金じゃなく見える瞬間があるんだよ」と語ったように。何かが摩耗して、違うものに姿を変えてしまう。

「苦労すると、人は変わるのかしら？　私は苦労してる？」

佳那が望月の顔を見た。

「佳那は変わらないでくれよ」

望月は懇願した。

「どうかしら。いつの間にか、みやちゃんもあんなに割り切った別人みたいになったし、あなたも何でもする人間になったでしょう？　私も周囲から浸潤されて、いつしか変わると思うわよ」

「おい、怖いこと言うなよ」

望月は、川村が持ってきたウィスキーをグラスに注いだ。底に数センチほどしか残っていなかった。

第四章
フェイク

1

店内は真っ暗で、あちこちのテーブルの周囲だけがほんのりと明るかった。まるで巨大な洞窟の中で、小さなグループがそれぞれ焚火《たきび》を囲んでいるようにも見える。

しかし、そんな静けさはなかった。各テーブルは、若い男のどよめきや甲高い女の嬌声《きょうせい》で騒がしい。すぐ隣のテーブルで、突然、拍手が湧き起こった。「ありがとうございます」と、男たちの胴間声が響く。どうやら、客の女がホストたちに何かを振る舞ったところらしい。

「何、あの子たち？　風俗？」

美蘭が物憂《ものう》げに煙草をくわえた。ヘルプに付いた年若いホストが、素早くライターで火を点ける。美蘭はゆっくり煙を吐き出して、隣に座っているハルキの顔を見た。ハルキはナンバーワンホストで、その矜持《きょうじ》を示すべく、いつも白いスーツを着用している。

「歌舞伎町の子だよ」

ハルキが感情の籠もらない声で、まだ十代としか見えないような女たちのグループを見ながら答えた。

女たちは皆、前髪を立ち上げた長い髪に下着が見えそうな短いドレスを着て、キャアキャアと騒ぎながらホストたちと戯れている。

「あんたたち、無駄遣いしないで貯金しなさいって、言ってこようかな」

美蘭が真面目な顔で言う。

「無駄遣いなんて言うなよ。俺たち、盛り下がるじゃん」

ハルキが口を尖らせた。ハルキの機嫌を損ねたのでは、と焦った美蘭が言い訳している。

「そんなつもりじゃなくて」

「じゃ、どういうつもりだよ。俺たちも一生懸命仕事してるんだから、無駄遣いとか言われるとがっくりくるよ。それに、今の言い方、ちょっと優越感入ってね？『風俗？』とか言っちゃって。風俗の子、下に見るなよ。こっちからしたら、お前なんかより、ずっといい客なんだからさ」

ハルキは細面の美しい男だが、目に険があるのが難だ。しかし、美蘭はぞっこんだ。ハルキの綺麗な顔と細い指が好みなのだそうだが、佳那は高慢なハルキが苦手だ。

「ごめん。だけど、そこまで言う？」

美蘭もさすがにむっとしたらしい。

「そこまでって何だよ」

ハルキが美蘭の手を邪険に振り払うのを見た佳那は、思わず目を背けた。

「私だって客なんだから、そんなひどいこと言わないでよ。『お前』とか言っちゃってさ、頭にくる」

美蘭がふくれっ面をすると、ハルキは苦い顔をした。

「いくら客でもさ、言われると嫌なことってあるじゃん。それ、我慢しろって言うのかよ」

ハルキは不機嫌な表情を崩さない。いつも強気なのは、美蘭が我が儘な男に弱いことを知って、演じてもいるのだろう。しかし、傍《はた》から見ると不愉快だった。

「何よ、そんなことで怒らないでよ」

「怒ってねえよ。ただ、お前、いつも偉そうなんだよ。銀座のホステスって、そんなに偉いものか？　何か人を下に見てて感じ悪いんだよ」

「ちょっと。私、客なんだけど。そんな言い方ないでしょ」

「気に入らなきゃ、ジャーマネに言えよ。止めねえよ、俺」

本物の痴話喧嘩に移行しつつあるようで、佳那ははらはらした。

美蘭は、このホストクラブでハルキに出会ってから、すっかりハルキが気に入って、ずっと指名していた。最初は美蘭の調子に合わせていたハルキだったが、最近は店の外でも会って付き合うようになったせいか、だんだんと美蘭に対して横柄に振る舞うようになっている。

「あの、お代わりします？」

佳那の横に座っていたヘルプのケンタが、佳那の少なくなったグラスにウィスキーを注いだ。薄い水割りを作ってくれる。

「今日はお仕事ですか？」

ケンタが遠慮がちに訊いた。ケンタはハルキの右腕に近い男で、ハルキが強気な男を演ずれば、ケンタは穏やかで優しく慰める役をしている。容貌も対照的で、ハルキが尖った美貌ならば、ケンタはひと重瞼の腕白坊主のような風貌をしていた。

「私、仕事してないの」

佳那は、水割りに口を付けてから答えた。

「何だ、佳那さんは美蘭さんと同じお店の人かなと、ずっと思ってました。いつも仲がいいし、一緒にいるじゃないですか。じゃ、何してるんですか?」

佳那は美蘭と同業のホステスと見られたらしい。確かに、最近は美蘭と一緒に買い物に行くせいか、美蘭の影響で服装も化粧も派手に、そして高価なものを好むようになった。

「私、何もしてないの。主婦なのよ」

美蘭と会って一緒に遊ぶ時は、結婚指輪を外している。佳那は、いつも結婚指輪をしている薬指を右手で無意識に触った。

「えー、じゃ、ダンナさん、こんなところに来て怒らないすか?」

ケンタが心配そうに言う。

「大丈夫。だって、ホストクラブに来てることとか、知らないもの」

佳那はそう言って笑った。望月は相変わらず日付が変わった頃に帰ってくるから、一日中、一人で過ごす佳那が何をしているのか、まったく知らないはずである。たまに早く帰ってきた時に佳那が留守でも、どうせ美蘭と一緒に遊んでいるのだろうと、気にしていない様子だ。

いつから、こんなことになったのだろうか。佳那自身にもよくわかっていなかった。気が付いたら、望月とは、大きくかけ離れた場所をそれぞれ歩いているかのようだ。

「知らなくたって、お金がかかるからバレないすか？」

ケンタが質問しながら、佳那との距離を詰めてくる。

「全然、大丈夫」

佳那は肩を竦めた。望月は、佳那が買い物に金を遣おうが、どこで遊ぼうが何も言わない。株で儲かる分だけ、互いに遣う金には無頓着になった。無頓着になったということは、互いに無関心になったということでもある。

望月は株という魔物に取り憑かれたように一喜一憂し、佳那のことなど眼中にない。また、佳那は佳那で、望月に愛想を尽かして東京という街で遊び回ることに夢中だった。

「じゃ、お宅は、すごい金持ちなんですね」

ケンタがさりげなく、佳那のバッグや靴を盗み見るのがわかった。バッグはふたつ目のケリーだ。黒のクロコダイル。滅多に手に入らないと言われたので、思い切って二百万で買った。

「ご主人は何してる人ですか？」

「証券会社なの」

「証券ですか。じゃ、大変じゃないですか」

「何が」

「だって、最近株価下がってるんでしょう？　やってるヤツが騒いでましたもん」

株価が暴落したことは知っている。だが、佳那はもう関心がなかった。望月が佳那を蚊帳の外に置くせいか、こちらも訊かずじまいだ。

「そうみたいね」

「他人事ですね」と、ケンタは笑う。「佳那さんは、どこに住んでるんですか?」

「銀座」

「すごい。俺、銀座に住んでる人って初めて会った。銀座のどの辺ですか?」

「京橋の方」

「へえ、いいなあ」

ケンタは感心しているが、佳那は新宿くんだりまでやって来て、帰りのタクシーがつかまるかどうか、そんなことを心配している。

浦安から銀座に引っ越したのは昨年だ。昭和天皇が亡くなって、平成と元号が変わった。その年の夏に、銀座一丁目に建つビルの最上階に引っ越した。家賃は月百万である。

マンションでなくビルなのは、そのビルの持ち主が居住していた部屋だからだ。部屋は3LDKで、百平米もあった。部屋の主は、持っている土地が値上がりしたとかで、田園調布に家を建てたという。

佳那は賃貸なのが気に入らず、美蘭の部屋の近くの青山や、よく遊びに行く六本木方面の分譲マンションを買おうと提案した。しかし、マンションは高騰し過ぎていたし、望月は銀座に拘《こだわ》った。兜町からも近いし、自分が客たちと銀座で飲み歩くからだ。

落ち着いた街に建つマンションを購入していたら、佳那は真剣に子供を作ろうと思ったかもしれない。だが、高価な賃貸に住むような、地に足が着かない生活は、地道な生き方そのものをなし崩しにした。

望月は銀座に越したひと月後に、赤いポルシェを買ったし、佳那も負けじと高価な買い物をしまくる。瞬く間に派手で豪華になってゆく暮らしに、望月も佳那も驚くほど早く順応した。望月は、銀座の一流クラブやバーに足繁く通い、亀田優成のお供で料亭にも出入りした。小上がりという言葉も知らなかった望月は、もういない。そして、佳那も美蘭の手ほどきで、浪費の喜びを知った。二人は、株で儲けた分だけ金を遣いまくったのだ。


ケンタと話しながら飲んでいるうちに、ふと気付くとハルキの姿はなく、美蘭は意気消沈した風に、ぼんやりと煙草を吸っていた。

「あれ、ハルキはどうしたの？」

「他の指名があるって、あっちに移った」

美蘭は、焚火に見える他のテーブルの方を指差した。白いスーツを着たハルキが、女たちの間に交じって、楽しそうに笑う姿がぼんやりとした光の中に見えた。

「あんな、いい顔しやがって。私といる時は冷たいのに」

美蘭が暗い顔で呟く。ヘルプに付いていたホストたちが不安そうに、顔を見合わせた。荒れる気配を察しているのだろう。

「ねえ、美蘭、もう帰ろうよ」

佳那が声をかけたが、美蘭は首を横に振った。

「嫌だ、帰らない。あいつにひと言言ってやんなきゃ気が済まない。客を大事にしないと痛い目に遭うよって、山鼻に言って懲らしめてやる」

美蘭が酔っていることに気付いた佳那は、溜息を吐いた。この分では、ハルキが戻って来ても、何かと騒動が起きそうだ。

「美蘭さん、酔ってますね」

ケンタも美蘭の不穏さに気付いたのだろう。

「ハルキと喧嘩になると困るから、もう帰った方がいいと思うのよ。支払いが終わったら、美蘭を入り口まで連れてってくれない」

佳那はケンタに頼んだ。

「いいですよ。じゃ、締めますね」

ケンタが席を立ったので、佳那は美蘭の横に行った。

「美蘭、ここで山鼻さんのことなんか言っちゃ絶対に駄目だよ」

「何で？　何で駄目なの？」美蘭が突っかかる。「あいつが悪いんじゃない。私なんか、この店でいくら遣ったと思ってる。それも、もともとは山鼻さんの金なんだから、山鼻さんに復讐してもらえばいいいんじゃんか」

滅茶苦茶な論理だった。

「そもそも、山鼻さんが美蘭にお金を出しているのは、美蘭が他の人と遊ばないように、でしょう。でないとお金なんか出さないんだから、逆だよ」

「何言ってるの。山鼻さんの美蘭が、ここで馬鹿にされてるんだよ。だったら、一緒に怒るのが男ってもんでしょう。ヤクザ者の根性を見せてやればいいんだよ」

周囲のホストが、はっとした顔をしたのがわかった。ヤクザ者という言葉が耳に入ったのだろう。

「やめなよ、美蘭。帰ろう」

「嫌だよ、帰らないよ」

駄々をこねる子供のように聞き分けのなくなった美蘭を、佳那は持て余した。しかし、放っておくわけにもいかないので、戻ってきたケンタに手伝ってくれるよう頼んだ。

「タクシー呼んで、入り口まで一緒に連れてってくれる？」

十五万の勘定は、佳那がカードで払った。最近は美蘭の金が続かないので、三回に二回は佳那が払っている。が、十五万という額は、一万五千円程度にしか感じなかった。

田川の八百屋の娘である自分、福岡では西陽の射す貧しい部屋に住んでいた自分が、ホストクラブで十五万も払っているのだ。佳那は、まるで桁を間違ったかのように、平然と金を遣っている自分が不思議でならなかった。

酔った美蘭を、ケンタと二人で両脇から支えて暗い店内を歩いた。店は地下一階で、大きな螺《ら》旋《せん》階段を上らなければならない。ケンタがほとんど美蘭を担ぐようにして、階段を上った。美蘭はその間、ずっと呪詛《じゅそ》を吐き続けていた。

「覚えてろよ、ハルキ。おまえ、絶対に復讐してやるから」

美蘭の呟きを、ケンタがハルキに喋るのではないかと思うと不安で仕方がない。

「このこと、ハルキには言わないでね」

美蘭をタクシーの後部座席に押し込んだ後、佳那はケンタに万札を三枚渡して頼んだ。

ケンタはちらりと札を見下ろし、素早く胸ポケットに入れた後、佳那に訊ねた。

「言いませんよ。それよっか、美蘭さんてヤクザと知り合いなんですか？」

あの呟きを聞かれていたらしい。佳那は即座に否定した。

「まさか、冗談よ。頭にきたんで、脅したくなったんでしょう」

「ああ、よかった。ヤバい客かと思った」

ケンタが胸を撫で下ろすような仕種をした後、ポケットから名刺を出して佳那に渡した。

「これ、俺の名刺です。今度、指名してください。また来てくれるでしょう？」

「美蘭次第よ」

「いや、一人で来てくださいよ。てか、外で会ってもいいです。俺、銀座まで行きますから」

ケンタが名刺の電話番号を指で示した。

「どうして？」

「どうしてって、佳那さん、素敵だから。それに金持ってるし」

「金持ってるし」は冗談かと思ったが、それがホストたちの本音なのだろう。ハルキが美蘭を邪険にしだしたのも、美蘭の金が続かなくなったのを知ったからかもしれない。佳那は無言で、ケンタの名刺をバッグに仕舞った。

「また、来てください。お待ちしています」

ケンタが最敬礼をしたが、佳那はそちらを見なかった。タクシーに乗り込むと、美蘭が座席にぐったりともたれかかっていた。

運転手に美蘭の住所を告げ、その後、銀座に回ってくれと頼む。車は裏道を抜けて、明治通りに出た。明治通りをしばらく走っていると、美蘭が目を開けた。

「ケンタは佳那に何て言ってたの？」

車内から見ていたのかと驚いて答える。

「また来てください、外で会いたいって」

「佳那は枝だから、目を付けてるんだね」

「枝って何？」

「私が連れてくる友達のこと、枝っていうんだって。それで、ああいうケンタみたいなのが狙うんだよ。でも、佳那の方がお金持ちだから、私が枝になりつつあるのかもね」

「何、馬鹿なこと言ってるのよ」

幹は幹を、枝は枝を狙うのか。そう思うと可笑しかった。自分でも意外なことに、屈辱ではなく、可笑しみを感じるのは、人の判断基準が金の多寡でしかない世界が、あまりにもわかりやすいからだろう。

自分も望月もいつの間にか、そんな単純な世界にどっぷりと浸かっている。今に溺れることもあるのだろうか、と新宿のネオンサインを見ながら思う。

「ねえ、さっきケンタと何かマジに話してたでしょう。何を話してたの？」

美蘭が今度は存外、しっかりした口調で話しかけてきた。

「何だ、あまり酔ってないのね」

「ううん」首を横に振る。「酔ってる。でも、見ちゃった」

「何を？」

「ケンタにお金渡してたでしょう。ね、何で？　佳那はあいつのこと気に入ったの？」

「違うよ。美蘭がさっき復讐してやるとか大声でわめいてたから、そのこと誰にも言わないでねって、口止めしたんじゃん」

運転手の耳を気にして、佳那は美蘭に囁いた。

「そっか、ありがとう。佳那は、お金持ちだもんね」

美蘭が感心したように言う。

「そんなことないよ」

美蘭は、佳那の謙遜を即座に否定した。

「いや、佳那は羽振りいいよ。ひと目でわかる。でも、気を付けな」

「何を気を付けるの？」

美蘭は重そうに、がくりと頭を下げたまま小声で言った。

「山鼻さん、すっごく損したみたいだよ。だから、今、すっごく機嫌が悪いの」

「すっごく」と、強調して言う。

佳那は驚いて美蘭の顔を見た。俯いているので、表情がよくわからない。

「ほんと？　知らなかった」

密かに怖れていたことが起きたのだろうか。佳那は内心怯えたが、美蘭は何でも大袈裟に言うので、真偽のほどはわからなかった。

「ほんとだよ。こないだ、酔って電話してきてさ。その時、望月のせいで、最近損ばっかしてるって。なのに、望月は赤いポルシェなんかに乗って、意気揚々と銀座で暮らしてやがる。そんなもの売って金返せって、怒鳴ってたんだから」

「山鼻さんは、どのくらい損したのかしら」

佳那が遠慮がちに訊ねると、美蘭はぐらぐらと頭を揺らしながら軽く言った。

「億は軽くいくんじゃない。もっとかも」

「そんなに？　望月は何も言わないので知らなかった。ごめんね」

「何、謝ってんの。佳那は何にも悪くないよ。悪いのは、男たちだよ。山鼻さんだって、欲の皮が突っ張ってるから怒ってるんじゃん。儲ける儲けるって、そればっかだもん」美蘭が佳那の肩に頭を預けてきた。「ね、そんなことより、一瞬でいいから、ロミちゃんに会ってって。すっごく可愛いんだから」

「いいよ」

ロミちゃんとは、犬の名前だ。このほど美蘭が念願のチワワを飼い始めたのだ。何度もチワワが欲しい、と言い続けてきたが、山鼻は動物は絶対に嫌だといい顔をしなかったらしい。

しかし、美蘭は我慢できずに、青山のペットショップにチワワを買いに行った。八十万もしたので、それで一気に現金がなくなったと嘆いていたが、嬉しそうだった。

山鼻が上京した時に何と言うのか、佳那は怖ろしいと思ったが、美蘭は山鼻との関係は盤石《ばんじゃく》だと自信があるのか、平然としている。

タクシーが、青山にある美蘭のマンション前に着いた。

「すみませんけど、この人送ったら五分くらいで戻るから、待ってて頂けませんか」

佳那は運転手に丁寧に言って、万札を一枚渡した。中年の運転手は当然のように万札を受け取った後、声を出さずに頷いた。二人の会話が聞こえたのか、憮然としている。

最近は、我ながらチップの渡し方も堂に入ってきたように思う。望月が、銀座ではタクシーをつかまえるのに万札を見せびらかす、と言った時は、その下品さに呆れたものだ。しかし、自分も同じことをやっている。若い佳那がチップを渡した時、遥か年上の運転手が呆れたり不機嫌だったりした時は、僻《ひが》んでいるのかと内心馬鹿にしたりもした。

金で何でもできるようになると、それはそれで楽だから、どんどんエスカレートする。金が万能の切符だった。そして、その切符を自分はたくさん持っている。

「ただいまー」

美蘭が玄関ドアを開けると、すぐに小さな犬が走り出てきた。

「ほら、これがロミちゃん。可愛いでしょう」

犬はよほど待ちくたびれていたとみえる。大根の尻尾のような細い尾を、千切れんばかりに振っている。

「ロミちゃん、寂しかったでちゅか。ごめんね、ごめんね」

美蘭が子犬を抱き上げて頬ずりした。美蘭の腕の隙間から、佳那は犬の頭を撫でて褒めた。

「可愛いじゃない」

「うん、可愛いよ。佳那も犬飼えばいいじゃんか。前、欲しいって言ってたよね」

美蘭が子犬の顔にキスしながら言う。

「駄目だと思う」

「何で。佳那の財力なら、ロミちゃん十匹くらい買えるよ」

「駄目だよ。だって、いずれ海外に行かなきゃならないから。犬が可哀相」

「あ、そっか」美蘭が思い出したように言ってから、眉根を寄せた。「佳那、行かないでよ。美蘭、寂しいよ」

「うん、私も何だか行きたくないんだけどね。でも、望月は行くつもりみたい」

「望月さんなんか、一人で行かせればいいじゃんよ」

「それも無理だよ。転勤だもん」

「海外なんか、カップル社会だっていうじゃない。佳那は今さら望月さんと仲良くできるの？」

美蘭が疑わしげに言う。

「わかんない」

自信はなかった。最近は擦れ違いが続いている。今さら、海外で二人きりになってうまくやれるのだろうか。

「ロンドンだっけ？　いつ行くの？」

「ロンドンかシンガポールか、スイスか。早ければ早いほどいいって、望月は何だか焦ってるのよ」

美蘭が急に真面目な顔をした。

「ねえ、それって山鼻さんのことと関係あるんじゃないの？」

「さあ、どうだろう」

そんなに切羽詰まったことなのか。山鼻に損をさせたことは初耳だったので、佳那はそのことを望月に問い質《ただ》すつもりだ。もっとも、望月自身も、最近は投資の失敗が続いているようで、口には出さないが腐っている様子ではある。

山鼻の名が出たついでに、佳那はホストクラブでの美蘭の言動に触れた。

「美蘭はさっき、山鼻さんに言ってハルキを懲らしめてもらう、みたいなこと言ったでしょ。そんなことしたら、絶対に駄目だよ」

「何で？」美蘭が犬を抱き締めて揺らしたまま、とろんとした目で見上げた。「何でいけないの？山鼻さんだって、一緒に怒ってくれると思うよ」

「何で、そう思うの」

「だって、ハルキが私のことを馬鹿にしたんだから、私の保護者である山鼻さんが怒って当然じゃない」

「保護者？　山鼻さんは美蘭の彼氏でしょ？」

「彼氏なんかじゃねえよ」

美蘭の声が太くなった。

「じゃ、何。パトロン？」

「そうだけど、私は恋愛感情なんか一切ないもん」

「なくても縛るのがお金でしょうよ」

「何、それ。佳那ってさ、急にシビアなこと言うよね」

美蘭が急に気色ばんだ。

「言うよ。だって、山鼻さん、怖いもの。美蘭がそんなことをひと言でも言ったら、山鼻さん、美蘭のこと怒るに決まってるよ。浮気したなって」

「そんなこと言う権利ないよ。山鼻さんはジジイだもん」

「それも言っちゃだめ。あの人、怒ったら怖いよ」

佳那は、姉夫婦に嫌がらせをした男たちのことを思い出して忠告した。

「ばれないよ」

美蘭は舐めきっているのか、断言する。

「ばれるに決まってるじゃん。脅されたら、ハルキが喋るに決まってるもの」

「それでもいいんだよ。ハルキは本物のヤクザが来て怖がるだろうから。いい気味だよ。あたしのこと、舐めんじゃねえっての」

また目が据わり始めた。怒りがぶり返したらしい。犬が不穏な空気を察したか、美蘭の腕の中で怯えた表情になった。

「私、タクシー待たせてるから、帰るね」

佳那も退《ひ》け時と思い、手を振った。

「うん、バイバーイ。今日、ありがとね。お店のお金もタクシー代も」

美蘭が、抱いた犬の腕を振って寄越す。

「いいよ。じゃね、また」

佳那がマンションを出ると、エントランスの前で待っているはずのタクシーは影も形もなかった。チップだけ受け取って、そのまま逃げてしまったらしい。これからタクシーがつかまるだろうか。一瞬、美蘭の部屋に戻ろうかと思ったが、美蘭の目の据わった表情を思い出して諦めた。

佳那は青山通りの方に歩きだした。自分がすでに枝ではなく、幹となっていることは、自覚していた。小一時間、青山通りでタクシーを探し、ようやくつかまえて帰宅できたのは午前二時を回っていた。いくら何でも望月は帰っているだろうと思ったのに、部屋には誰もいなかった。疲れた佳那はソファに座り込んだ。

不意に、美蘭が羨ましくなった。自分も犬が欲しい。いや、子供が欲しかった。要するに、自分は愛する対象が欲しいのだ。寂しい、と声に出して言い、バッグからケンタの名刺を取り出して眺めたりした。

佳那は、望月から山鼻の話を聞こうと、眠いのを我慢してしばらく待っていた。が、望月が帰ってこないので、諦めてベッドに入った。その夜、佳那は美蘭が数匹の犬に囲まれて、「また買っちゃった」と、にこにこ笑っている夢を見た。

目覚めても、それが現実なのか、夢の中の出来事なのか判断がつかず、美蘭に電話しそうになった。望月が動き回る気配で目が覚めたことに気付く。身支度をしているところをみると、出勤する時間らしい。近頃は、望月のために朝起きて朝食を作ることもしなくなっている。

「昭ちゃん、今何時?」

物憂く訊ねる。

目を開けると、望月がネクタイを締めているところだった。整髪料の匂いが漂っている。

「七時半。もう出るよ」

望月は、いったい何時間寝たのだろう。最近は、ソファでそのまま眠りこけていることも多い。

「何時に帰ったの?」

答えはなかった。小銭をポケットに入れたり、ジャケットを羽織ったりして、相変わらず忙しく動き回っている。

佳那はベッドに半身を起こして、訊いた。

「今日、帰り遅い?」

「わからない。当てにしないで」

望月はそれしか言わなかった。後ろも見ずに部屋を出て行き、やがて玄関ドアがバタンと閉まる音がした。施錠の音も聞こえる。

佳那は山鼻のことを聞き逃したと思ったが、こんな生活をしているのでは仕方がないと天井を見上げた。ディズニーランドの花火の音を聞いたような気がしたが、もちろん朝の銀座だから空耳だった。佳那は伸びをしてから、もう一度目を瞑った。再び目覚めたのは空腹のためで、それもそのはず、すでに昼時だった。

佳那は起き上がってリビングに行った。望月はよほど慌ただしく出て行ったと見えて、カーテンも開けていない。カーテンを引いて、いつものように海の方角を眺める。しかし、曇天だから、たとえ海が見えても、空と海の境目はよくわからなかっただろう。

テレビを点けると、朝の連続ドラマの再放送の時間だった。ぼんやりと眺めながら、昨夜のホストクラブでの出来事などを思い出している。朝刊に手を伸ばした佳那は、あっと叫んだ。

一面トップに、「亀田優成、詐欺容疑で手入れ」と大きく載っていたからだ。慌てて目を通すと、優成が顧客から保証金として巨額の金を集めたうえ、無免許で勝手な株の売買をしてその返金ができなかったことから、証券取引法違反と詐欺容疑で家宅捜索されたと書かれている。

秘書のような役割をしていた川村も巻き込まれているのではないだろうか。佳那は、急いで水矢子に電話した。水矢子はあれ以来、川村と親しく付き合っていると聞いていた。もっとも、佳那は美蘭とばかり遊んでいたため、最近の水矢子の動向を知らなかった。しばらくコールが続いた。諦めて切ろうかと思った時、ようやく電話に出たのは、年配の女だった。

「もしもし」

闇の底から響いてくるような、低く暗い声だ。

「南郷さんのお宅ですか？」

間違えたかと思い、佳那は焦って訊いた。

「誰？」

そうだとも違うとも言わずに、いきなり「誰？」と聞かれて、佳那は面喰らった。

「望月と申します。あの、南郷さんのお宅ですよね？」と確かめる。

「はあ、そうですけど」

認める声は、聞き取れないほど小さい。

「伊東水矢子さん、いらっしゃいますか？」

「伊東は、出かけてます」

相手は急に早口になった。

その苛立たしげな口調から、電話に出たのはどうやら南郷らしいと見当が付く。

「南郷先生でいらっしゃいますか？」

「そうですけど」

「あのう、伊東さんの友人の者です。伊東さんが何時頃に帰られるか、わかりますか？」

「わからないですね」

素っ気ない言い方だった。

「でも、お帰りにはなられますよね？」

不安になって念を押すも、返事ははかばかしくない。

「さあ、どうでしょう」

「あのう、もし帰ってきたら、伝言をお願いしたいんですけど、いいですか?」

「いいですよ」

投げやりな声だった。

「望月佳那に連絡してほしい、と伝えてください」

「望月さん?　あの萬三証券の人?」

さっき名乗った時は気付かなかったらしい。何かが急に蠢くような気配があった。あまりいい感情ではなさそうだったので、佳那は少し警戒した。

「はい、私の夫ですが」

「あ、そう。あのねえ、あのねえ、ちょっとねえ」

急に粘つくような調子に変わったので、佳那はびっくりした。

「はい?」

「あなたのダンナが、伊東に川村を紹介して寄越したんでしょう?　うちの客で株をやりたいって人を、萬三証券に紹介するという条件で。そうじゃないですか?」

「はい、そうです」

「あのねえ、川村の言いなりになって、優成に投資した客がいるのよ。その人が大損したんで私が恨まれてね、うちに火を付けてやるって騒いでるのよ。どうしてくれるの?　保証金は戻るって嘘ばっか言ったでしょう。全額戻らないなんて、詐欺じゃないの。いくら何でも、欺すことはないんじゃない」

　南郷は喋っているうちに次第に興奮してきたらしく、最後は怒鳴るように叫んだ。佳那は何も返事をせずに、慌てて電話を切った。人に詰られたことなどないから、動悸が収まらなかった。佳那は電話の前で、しばらく息を整えていた。

　ともかく、川村の指南によって優成に出資し、優成株に投資したはいいが、優成の失敗によって損をした客や南郷が、怒り狂っている、ということだけはわかった。

　おそらく、山鼻もそうなのだろう。望月の勧めによって優成株も大量に買っただろうし、保証金もかなり出したに違いない。他にも怒っている客は大勢いるのかもしれない。

　佳那は不安で、居ても立ってもいられなくなり、望月の会社に電話した。あまり連絡するな、と望月に厳しく言われているので迷ったが、やむを得ない。しかし、甲高い声の女性社員が出て、「望月さんは外回りに出ているので連絡ができない」と、慇懃《いんぎん》無礼に断られた。

　佳那は仕方なく、望月のポケベルを鳴らした。108410。「電話して」の語呂合わせだ。案の定、電話はかかってこない。

　望月とは、最近、心が離れつつあった。女子高生のように、語呂合わせで「愛してる」とか、「寂しい」とか打つ間柄では、もうなくなっている。だが、こんな非常事態に事務的な連絡すらも取れないのか、と佳那は落胆した。もう一度、会社に電話して、「望月から連絡があったら、家に電話するように伝えてほしい」と伝言を残した。会社の人間に、家庭のことを知られたがらない望月が、嫌がるのはわかっていたが、仕方あるまい。

やっと望月から電話があったのは、午後も遅くなってからだった。水矢子からも連絡はないし、独りで気を揉みながらテレビを見ていたところだった。

「もしもし、何かあった？」望月の声は普段通りだ。

「新聞見てびっくりしたんだけど、優成さん、大丈夫なのかな、と思って」

「ああ、逮捕されるのも時間の問題だろう。間違いないよ」

望月の声は冷淡で、まるで他人事のようだった。

「昭ちゃんは、大丈夫なんでしょうね？」

「俺は関係ないから大丈夫だけど、川村は側近だから、パクられるかもしれない」

「そんな冷たい言い方したら、みやちゃんが可哀相じゃない」

水矢子を紹介した手前、思わず口走ったが、望月はふっと鼻先で笑ったようだった。

「みやちゃんも、南郷さんも、そこの客も、散々おいしい目にあったんだから、仕方ないよ。それが株だろう」

「それが株？　昭ちゃん、クールだね」

「クールだよ。佳那だって、証券会社にいたんだから知ってるだろう。儲けたり損したり、それの連続だ。優成さんのゲームは終わったんだ。ゲームオーバー。調子に乗って、やり過ぎたんだよ。結局は大手には勝てない。あいつらに、してやられたんだ」

望月は、さばさばした口調で言う。

「してやられた？」

「うん。さすがに優成さんでも、場を見切れなかったな。金を集め過ぎて、うまく幕を引けなかったんだろう」

「まるで他人事だね」

優成とつるんで、自分の顧客にも「優成ボイス」の会員になってもらい、一緒に儲けたくせに、と佳那は内心思った。

まるで、優成だけの失敗のように言う望月の態度に、違和感があった。

「だって、俺は優成さんとこの社員じゃないもの」

それが言い訳になるのか。

「川村さんとも仲良かったじゃない」

「そうだけどさ。あいつも早く足抜けすべきだったんだよ」

望月の背後から、車の音がすることに気付いた。会社ではなく、公衆電話からかけているらしい。

「昭ちゃん、山鼻さんにも損させたの？」

沈黙して、望月は答えなかった。

「誰に聞いた？　え、誰だよ」

やっと返ってきた答えは、佳那を問い詰めるものだ。

「美蘭」

「美蘭の言うことなんか、信用すんなよ。それに、損をさせるってどういう意味だよ」

苛立たしげだった。

「私は友達だから、信用するよ」佳那は反抗した。「美蘭が言ってたよ。山鼻さんが、あなたに腹を立ててたって。赤いポルシェなんか売って、弁償しろって怒ってたって」

「よく言うよ。何が弁償だよ。さんざん儲けさせてやったのは誰だっていうんだよ。その儲け分を損したら、今度は俺のせいかよ。元に戻っただけじゃねえか」

望月が呆れたように吐き捨てる。

「だけど、山鼻さん、ちょっと怖くない？」

「怖くなんかねえよ」

望月は乱暴な言い方をした。以前は、佳那に対して、そんな言い方をしたことはなかったから、不快だった。

「私は昭ちゃんが心配なだけだよ」

佳那は不快さを押し隠して、小さな声で呟く。

「わかったよ、ごめん」望月の声が少し柔らかくなった。「大丈夫だからさ、心配すんなよ。それよっか、来月行けそうだよ」

「どこに？」

「シンガポール」

佳那は驚いて声も出なかった。望月は逃げようとしている、と感じたからだ。優成から、山鼻から、そして日本から。

郵便はがき

おそれいりますが
切手を
お貼りください。

102-8790

東京都千代田区
九段南1-6-17
毎日新聞出版
営業本部 営業部行

ご記入日：西暦　　　年　　月

フリガナ		男 性・女 性 その他・回答しない
氏　名		
住　所	〒　　- TEL　　(　　　)	
メールアドレス		

ご希望の方はチェックを入れてください

毎日新聞出版 からのお知らせ ………… ✔	毎日新聞社からのお知らせ (毎日情報メール) …

毎日新聞出版の新刊や書籍に関する情報、イベントなどのご案内ほか、毎日新聞社のシンポジ
セミナーなどのイベント情報、商品券・招待券、お得なプレゼント情報やサービスをご案内いたし

ご記入いただいた個人情報は、(1)商品・サービスの改良、利便性向上など、業務の遂行及
務に関するご案内(2)書籍をはじめとした商品・サービスの配送・提供、(3)商品・サービスの
内という利用目的の範囲内で使わせていただきます。以上にご同意の上、ご送付ください。
情報取り扱いについて、詳しくは毎日新聞出版及び毎日新聞社の公式サイトをご確認くださ

本アンケート(ご意見・ご感想やメルマガのご希望など)はインターネットからも受け付けております。右記二次元コードからアクセスください。
※毎日新聞出版公式サイト(URL)からもアクセスいただけます。

この度はご購読ありがとうございます。アンケートにご協力お願いします。

本のタイトル

●本書を何でお知りになりましたか？（○をお付けください。複数回答可）
1.書店店頭　　2.ネット書店
3.広告を見て（新聞／雑誌名　　）
4.書評を見て（新聞／雑誌名　　）
5.人にすすめられて
6.テレビ／ラジオで（番組名　　）
7.その他（　　）

●購入のきっかけは何ですか？（○をお付けください。複数回答可）
1.著者のファンだから　　2.新聞連載を読んで面白かったから
3.人にすすめられたから　　4.タイトル・表紙が気に入ったから
5.テーマ・内容に興味があったから　　6.店頭で目に留まったから
7.SNSやクチコミを見て　　8.電子書籍で購入できたから
9.その他（　　）

●本書を読んでのご感想やご意見をお聞かせください。
※パソコンやスマートフォンなどからでもご感想・ご意見を募集しております。
詳しくは、本ハガキのオモテ面をご覧ください。

●上記のご感想・ご意見を本書のPRに使用してもよろしいですか？
1. 可　　2. 匿名で可　　3. 不可

何か黒々とした闇がすぐそこまで迫ってきているような気がして、佳那は怖ろしかった。

「本当に？」

「本当だよ。だから、部屋の解約をしたり、引っ越しの準備を手伝ってくれよ」

「わかった」

たったひと月かそこらで、海外に移る準備ができるものなのだろうか。辛うじて返事をしたが、

その夜、佳那は夕飯を用意して望月の帰りを待った。が、望月は午前一時を過ぎても帰らなかった。諦めてベッドに入ってうとうとしていたら、玄関で大きな音がする。

慌てて起きて見に行くと、泥酔した望月が三和土にへたり込んでいた。

「どうしたの？」

「どうもしない。酔っただけだよ」

佳那は、望月を起こそうと腕を引っ張ったが、重くて持ち上がらなかった。

「ここで寝る気？　いい加減にしてよ」

怒って寝室に戻ろうとすると、望月がぐったりと上がり框に身を投げ出して言う。

「やられたよ」

「何をやられたの？」

「一昨日、川村がヤクザに拉致された」

「どういうこと？」

佳那は、望月の横にしゃがみ込んで訊ねた。

「金絡みで責められていたんだろう。俺も危ないかもしれない」

やはり、勘は当たった。佳那は震えてきた。

「どうしよう、昭ちゃん」

望月にしがみ付くと、望月が酔った眼で佳那を見た。

「佳那、おまえ、どっかホテルに移れ。出発まで、身を隠してろよ。ここは何とか、俺が始末するから」

望月が回らぬ口で、必死に言った。

「何で、私が？」

「心配しなくてもいい。念のためだよ」

「私一人で行くの？」

「うん、俺はここにいるつもりだ。でも、朝から晩までほとんどいないから大丈夫だよ」

「じゃ、私はどこのホテルに行けばいいの？」

「あまり行かない街がいいな。縁のないところがいい。そうだ、新宿とか池袋はどうだ」

歌舞伎町のホストクラブにはしょっちゅう行くから、新宿は知らない街ではない、と密かに思ったが、佳那は黙って頷いた。

佳那は不安でひと晩中、眠れなかったが、泥酔した望月は、何とか自力でベッドに移動すると、すぐさま鼾《いびき》を掻いて寝てしまった。

翌朝、望月は定時に出て行った。まだ酒臭かったが、「平気な顔で行かないと、俺も勘繰られる」と言う。よほど崖っぷちにいるのかと思ったが、こうなったら、望月と一蓮托生で生きるしかないと、佳那は覚悟を決めた。

新宿の京王《けいおう》プラザホテルを予約し、午後から行くつもりで準備をしているが、相変わらず、水矢子から連絡はない。南郷が怒っているから、南郷のところにも帰れないのだろうと思ったが、佳那がホテルに移れば連絡は取れなくなってしまう。

スーツケースに着替えや身の回りの物を詰めたが、長逗留《ながとうりゅう》になれば、この部屋には何度か物を取りに来ることになるだろう。佳那はブルーのケリーはクローゼットに入れて、自分で買ったクロコのケリーを手にした。

午後、部屋を出る時に、忘れ物はないかと部屋の中を見回していると電話が鳴った。もしや、怪しい者からではないかと躊躇ったが、思い切って出たら水矢子だった。

「もしもし、水矢子です」

「みやちゃん、間に合ってよかった。今出るところだったから」

「そうですか。どちらに?」

「ちょっと、その辺だけどね」

正直に言いたかったが、佳那は誤魔化した。

「そうですか。間に合ってよかったって言うから、もう帰らないのかしらと心配になりました」

相変わらず水矢子は鋭い。佳那の口調に何か切迫したものを感じたのだろう。

「ごめんごめん、何でもないの」

「それならよかったです」水矢子の声は落ち着いている。「あのう、南郷先生のところに電話くれたんですね」

「そうなのよ。川村さん、大丈夫なの？」

「わかりません。最近、会ってなかったから」

水矢子は言い淀んでいる。電話で本音を言う人ではなかったと思い、佳那は努めて明るく言った。

「みやちゃんはどうしてるの？」

「私は南郷先生のところを出ることになりました。昨日、お別れのお電話をしたら、佳那さんからお電話頂いたと聞いたので」

南郷は、少なくとも佳那の伝言は伝えてくれたようだ。

「そうなの。新聞記事を見て、川村さんが心配になったものだから。だって、お付き合いしてるんでしょう？」

水矢子はしばし無言だった。やがて、重い口を開く。

「川村さんとは、そういう関係じゃないです。でも、株のことではずいぶんお世話になりましたよ。だから、今、大変なんですけどね」

苦笑混じりのようだ。

「何だ、川村さんはあなたのことを気に入っていたようだから、今に結婚するんじゃないかって、思ったりして」

「まさか」と、水矢子は否定した。「だって、川村さんて『川』だから『水』じゃないですか。私は『水』とは相性が悪いから、最初から、そんなことはあり得ないと思ってましたよ」

佳那は絶句した。水矢子が「水」と相性が悪いという南郷の占いを忘れていたのだ。南郷と袂《たもと》を分かった水矢子が、その言を信用しているということも意外だった。

「そうか、忘れていたわ」

「私は忘れません」

水矢子はきっぱり言った。

「そうか。そんな合わない人を紹介して悪かったわね」

二人が付き合っているのでは、と心配していたが、どうやら水矢子と川村の間には何も起きなかったようだ。すると、水矢子がすまなそうに言った。

「そんな、佳那さんに謝ってもらうようなことじゃないです。だって、川村さんのおかげで、南郷先生のところのお客さんは、すごく増えたんですよ。『南郷先生の相場占い』って有名になって雑誌とかにも出たんですから感謝してます」

「そのことなんだけど、昨日電話したらね。南郷先生が」

佳那が言いかけると、水矢子がおっ被せるように早口で言った。

「怒ってたんですね。いいんです、全然。佳那さんたちの責任じゃないですよ。私と南郷先生が欲を出したのがいけないんです。だから今、私は罰を受けているんです」

「罰だなんて、そんな」

「いえ、罰です」

罰ならば、自分たち夫婦こそが受けなければならないのではないか。佳那はそう言いそうになって唇を嚙んだ。口に出すと、災いが降ってくるようで怖かった。

「あのう、川村さんに何かあったんですか?」

水矢子が心配そうに訊ねる。佳那はすぐには答えず、逆に水矢子に訊いた。

「みやちゃん、新聞読んだ?」

「いいえ、私は新聞買ってないんです。いつも南郷先生のところで読んでいたから」

水矢子は今どこで何をしているのだろう。気になった佳那が黙っていると、水矢子の方から訊いてきた。

「それで、どうしたんですか?」

「優成さんの会社に手入れが入ったのよ。逮捕されるのは時間の問題だろうって、望月が言ってた」

川村がヤクザに拉致されたという話はすまい、と佳那は口を噤む。が、水矢子は驚いていない。

「そうですか。川村さん本人も、ヤバいかもって、しょっちゅう言ってましたから、いずれこうなるのは、覚悟してたんじゃないでしょうか」

落ち着いた聡明な口調だったので、佳那は話を変えた。

「ところで、みやちゃんは、今どうしてるの?」

「私は一昨日、南郷先生の家を出て、職とアパートを探してます。南郷先生のところへは、もう二度と帰らないつもりです。そうだ、佳那さん、悪いけど連帯保証人になってくれませんか？　保証人がいないとアパート借りれないんで」

「いいわよ。でも、もうじきこのうちを出るの」

「出て、どこに行くんですか？」

京王プラザに部屋を取った、と危うく言いそうになったが、泥酔した望月の顔を思い出してやめた。水矢子といえど、誰も信用できなくなった望月は、他人に口外することを許さないだろう。

「シンガポールよ」

佳那は誤魔化したが、ひと月後には発つのだから、間違いではない。

「シンガポールですか」水矢子は驚いたように繰り返した後、急いで言った。「わかりました。じゃ、お出かけ前にすみませんけど、これからすぐに伺ってもいいですか？　ちょうど一件、気に入ったアパートがあるので、書類を持って行きますから」

佳那は仕方なしに承知して、駅からの道順を伝えた。


一時間後、インターホンが鳴った。ドアを開けると、水矢子がにこにこと笑って立っていた。二年前に会った時の派手な服装とはまったく違う、Tシャツとジーンズという年相応の格好をしていた。髪型も、前髪を揃えたボブカットで清潔に見える。

「久しぶりだね、みやちゃん」佳那は水矢子の顔を見てから全身に視線を移し、感嘆の声を上げた。

「あら、何だか垢抜けたわね」

「そんなことないですよ」

「ほんとよ。前は背伸びしている感じだったけど、今は自然」

水矢子は照れ臭そうに笑った。

「佳那さんはゴージャスですね。前からそうだけど、いっそうお洒落で素敵」

佳那はいつの間にか、どこに行くにもアイラインまでしっかり入れて、フルメイクをするようになった。これから京王プラザに逃げる手筈になっていたから、きちんと化粧して紺のワンピースを着ている。

「これから、お出かけですよね。ご迷惑では？」

水矢子は申し訳なさそうだ。

「ええ、でも大丈夫。もうちょっと時間があるから」

佳那は行く先を言わずに、腕時計を眺めて答えた。

「すみません。じゃ、すぐに失礼しますから、これ、お願いします」

水矢子が慌てて書類を出そうとしたので、佳那は笑いながらリビングに案内した。

「お茶くらい飲んでって」

「はい、すみません」

水矢子はきょろきょろと部屋の中を見回している。二年前に、浦安のマンションに来た時は、南郷の影響なのか、やたらと世慣れて見えたが、今日の水矢子は事務員時代に戻ったように、堅実で賢そうな女性に見える。しかも、シンガポール行きを聞いて、急いで連帯保証人の判を求めてくるところなど、手際のよい有能さも加わっていた。

会う度にくるくると印象の変わる水矢子が、次にどう変わっているのか、想像もつかない。「風の人」という南郷の占いは、案外当たっているのかもしれないと、佳那は思う。

「このビルの上に、こんな素敵なおうちがあると思いませんでした。あの絵も素敵。あれは有名な画家さんの絵ですよね。この間、何かの雑誌で見ました」

水矢子は、飾り棚の上にあるアクリル絵の具を使った絵を指して言った。望月が顧客からもらってきた絵は高価らしいが、二人とも知識も興味もないので、そのまま飾ってあった。

「みやちゃんは、何でもよく知ってるね」

「そんなことないですよ」水矢子は笑って、佳那の出した紅茶に口を付けた。「シンガポールには、いつ行くんですか?」

「二週間後くらいか、もうちょっと早いか」

佳那は首を傾げて嘘を吐く。水矢子には本当のことを言いたくて、心が痛んだ。

「もうじきですね。でも、まだ引っ越しの準備はされてないんですね」

水矢子が周囲を見ながら言った。隣の寝室には、スーツケースに入りきらない服が散らかっている。その惨状は決して見せられない。シンガポールの話題を避けたくて、佳那は川村のことを訊いた。

「みやちゃん、川村さんとは付き合ってなかったのね？　川村さん、乗り気だったのにね」

「すみません。名字が川だからっていうのは言い訳で、私はあまり好きにはなれませんでした。すみません」

水矢子が何度も頭を下げるので、佳那は笑った。

「いいわよ、こんなことになって、逆に言えば、深いお付き合いじゃなくて、よかった。川村さん、逮捕されないといいわね」

「そうですね。佳那さん、実は私、男の人があまり好きじゃないって、最近気が付いたんですよ。だから、この先も結婚とかあり得ないなと思って。だから、もう紹介とかしないでくださいね」

水矢子が冗談めかして言う。

「そうなの？」

佳那は、水矢子の言っていることがよくわからなかったので、曖昧な返事をした。水矢子は何か言いたげに、しばらく佳那の方を見ていたが、佳那が何も言わないので、バッグから書類を出してテーブルに広げた。

「すみません、お時間ないんですよね」

「まだ、大丈夫よ」

「これが賃貸契約書です。すみませんが、連帯保証人の欄と、承諾書に署名・捺印をして頂いてもいいですか？」

「いいわよ。実印でなくていいの？　実印は望月が管理しているから」

「この物件は大丈夫だそうです」

佳那は署名欄に望月の名を書いて、三文判を捺した。水矢子に金がなくなって、自分たちがその後始末をすることになっても構わないと思った。

「何かあったら、頼ってね」

「ありがとうございます」

佳那が署名捺印した書類を、水矢子は押し戴いて大事にバッグに仕舞った。そのバッグは、ケリーの百分の一の値段で買えそうな安物だった。

「みやちゃん、南郷先生と喧嘩したの？」

思い切って訊いてみる。水矢子が黙って頷いた。

「喧嘩というか、あまりにも無体なことを言うので呆れました。優成株が当たらなくなって、保証金が戻ってこなくなってからというもの、私と川村さんのせいだって怒鳴り散らしてすごかったです。だから、逃げるようにして出てきました。もう、占いはたくさんです。二度と関わりません」

「それがいいよ、みやちゃん」

「はい、だから、『風の人』はこれで終わりです。どっかの会社に入って、地道に暮らそうと思ってます」

「地道というのも、何だかつまらないわね」

佳那が言うと、水矢子がふっと笑った。

「そんなことないですよ。私は振り出しに戻った感じです」

「なるほど。みやちゃん、お金はあるの？」

「ありますよ。実は株で少し貯めたんです。だから、情報をくれた川村さんには感謝してるんです」水矢子が微笑んで続ける。「佳那さん、この部屋宛に新しい住所から手紙出します。シンガポールに行ったら、絶対に連絡くださいね」

「もちろん」

「じゃ、あまり長居してもお邪魔でしょうから、今日は失礼します。シンガポールに遊びに行きますから覚悟してって、望月さんにそう言っておいてください」

「言っておきます。仕事見つかったら、連絡ちょうだい」

「はい、じゃ、失礼します」

水矢子は礼儀正しくお辞儀すると、帰って行った。佳那は水矢子の後ろ姿を見つめながら、遣りきれなさを感じていた。

自分たち夫婦が怯えていること、これから身を隠さなければならないこと、それも日本から逃げなくてはならないこと。

これらを相談できるのは、水矢子だけだったのに、自分は何も言えなかった。しかも、水矢子の借りようとしているアパートの所在さえも確認しなかった自分に気が付いて、愕然《がくぜん》とした。水矢子はそのことを寂しく思ったに違いない。自分は、自分で思っているよりも、慌てているのか。

佳那は額に手を当てた。

大きなスーツケースとクロコのケリーを手にした佳那は、ビルの最上階にある部屋を出た。すでに陽は傾いている。エレベーターで下まで降りて、スーツケースを引っ張り出す。少し歩けば昭和通りに出るから、そこでタクシーを拾えるだろう。スーツケースをゴロゴロと引いて歩きだしたところに、声をかけられた。

「佳那ちゃんじゃないの」

聞き覚えのある声に振り向くと、男がこちらを見ていた。生成りのスーツに茶のローファー。腕に金の時計が光る。ひと目で金のかかった服装をしているとわかるが、太っているために、まったく似合わなかった。

「僕がわからない？　須藤だよ」

あっ、と声が出た。

「須藤先生ですか」

「いやあ、佳那ちゃん、久しぶりだね」

須藤は親しげに笑いながら近寄ってきた。佳那が須藤の担当をしていたのは、四年も前の萬三証券に入社した年だ。以来、望月が担当となり代わり、須藤に山鼻を紹介してもらい、とその縁は続いている。だが、佳那はまったく会わずじまいだった。

「ご無沙汰してます」

佳那は仕方なくお辞儀した。まずいところでまずい時に会った、と口惜しい。

「四年ぶりか」

須藤は息がかかるほど近くまで来て囁くように言った。じろじろと佳那を舐めるように見る。

「それにしても、佳那ちゃん、綺麗になったね。ちょっと見、誰だかわからなかった」

佳那は小さく頷いて、返答はしなかった。早くこの場を立ち去りたくて、うずうずしている。

「望月さんの家、ここだよね？」

須藤が、ビルを指差した。

「はい、望月は今いません。会社の方におります」

「会社？　わかってるよ。逃げ回ってるんだろう？　俺たちに大損させただけじゃなくて、欺し取ってもいるからな」

欺し取っているとは、初耳だった。それは本当のことなのか。佳那は息が詰まりそうになった。

「すみません」

「わけもわからず謝ってるんだろうけどね。佳那ちゃん、望月は相当な悪党だよ。それだけでも知っておいた方がいい。そもそもね、美紀の住所教えてくれたのは、望月だからね」

「どういうことですか？」

聞き返したものの、薄ぼんやりとした疑念がはっきりと形を表した感じがして、佳那は目眩がした。

「美紀は俺と約束してたのに勝手に逃げたんだから、それなりの対価は払ってもらわないと。そう言ったら、望月が住所教えてくれたんだよ。頼んだわけでもないのに、すごいでしょ？　望月って。自分の利益になるなら、ヨメさんの姉妹も売るんだからね。望月に俺の二億、必ず返せって言っておいてね。わかった？」

佳那は凍り付いたように動けなかった。

「わかってんの？　佳那ちゃん」

須藤が念を押すように近付いてくるので、佳那はスーツケースを押しながら、逃げるようにして足早に去った。昭和通りに出る前にやっと振り返ることができた。須藤の姿はなかった。だが、須藤はそのことを佳那に知らしめるためだけに上京したのかと思うと、人の悪意や恨みという黒々としたものが心底、怖ろしかった。それから、どうやって京王プラザに着いたかは覚えていない。タクシーを停め、目的地を言い、チェックインをしたはずなのに。

部屋に入ると、佳那はすぐにバッグから取り出した名刺の番号に電話した。不機嫌な声で男が出た。

「はい、ケンタです。誰？」

ケンタの声を聞いた途端に、佳那は我に返った。自分はいったい何をしようとしているのだろう。あまりの不安と寂しさから、誰かにすがろうとしていたのか。

佳那は、その相手がホストのケンタしかいないことに、たった今気付いて愕然としていた。

「もしもし、もしもし？」

受話器から聞こえるケンタの声。佳那はすぐに切ることもできずに、受話器を手にしたまま、ぼんやりしていた。

誰かと話したくてたまらないのに、相手が違うような気がしてならない。それが躊躇いとなって、口が利けなかった。

「もしかして佳那さんじゃない？　佳那さんでしょ？」

自分の名を呼ばれて、佳那は再び我に返った。慌てて電話を切ろうとすると、ケンタが言った。

「切らないで、佳那さんでしょ？　何となく雰囲気でわかるんだ。今日、お店に来てくれないかな。来られないのなら、どっかで会おうか。何かあったんでしょ？」

「もしもし」

やっと小さな声で答えることができた。

「やっぱ佳那さんだ。どうしたの？　何かあった？」

ケンタの声は優しかった。他人の優しさに飢えていた佳那は、そのことに感激していた。

「ううん、何でもないの」

「ダンナさんと喧嘩でもした？」

喧嘩なら、まだいいのに。佳那は、自分を激しく損ねていることの芯を思い出して嘆息した。

それは、望月に対する決定的な不信だった。

「あ、溜息吐いてるね。いったいどうしたの？」

ケンタに耳聡く聞かれて、佳那は首を横に振る。

「ほんと、何でもないの」

「何でもないわけないでしょ。今どこにいるの？　俺、行こうか？」

「いいの。今度にしよう」

やっとのことで答えると、ケンタが心配そうに言った。

「あのさ、俺、ホストだけど、ハルキみたいな人間じゃないから安心していいよ。ほんと、これ営業じゃないよ。お店にも来なくていいからさ、プライベートで会おうよ。また電話してくれないかな、佳那さん」

「わかった、ありがとう」

佳那は電話を切った。自分はすぐにまたケンタに電話することになるだろう。それほどまでに、誰かに優しく労《いたわ》られたい。ケンタの声を聞いたことによって、少し気持ちを立て直すことができた佳那は、望月に連絡する気になった。何が起きているのか、望月を問い詰める必要がある。

望月は優成が逮捕されたら、どんな立場になるのか、須藤が口走った「欺し取ってもいる」ということは、果たして事実なのか。そして、美紀の住所を須藤に教えた、というのは本当のことか。

佳那は望月のポケベルに、京王プラザの代表番号と部屋の番号を打った。何が起きているのか説明することもせず、妻の行方も気にならないのだとしたら、望月との関係はもうおしまいだ。

だが、トイレにも行かずに電話の前で待っていたのに、電話はまったく鳴らなかった。外は暮れなずんでいる。せめてネオンでも瞬いてほしいのに、佳那の部屋からは建設途中の都庁舎しか見えない。佳那はあまりの心細さに居ても立ってもいられなくなり、美蘭にも電話をかけた。誰かに、自分のこの不安を聞いてほしいし、遣る瀬ない思いをぶちまけたかった。が、すでに食事か美容院にでも出かけたのか、美蘭は部屋にいなかった。美蘭の部屋で鳴り続ける電話を、あの小さなチワワだけが聞いているのかと思うと、置いてきぼりを喰らったチワワと自分が同じような気がして惨めだった。

留守電に切り替わったので、京王プラザにいることを知らせようとしたが、美蘭から山鼻に伝わらないとも限らない。それだけは避けなければ、と心を鬼にしてやめる。次に、須藤に言われたことを確かめるべく、田川の実家にも電話をしてみた。これには勇気が要った。

「もしもし」

母親の背後から、ローカル局の七時のニュースらしい音が聞こえてくる。

父親はまだ店に残って、店仕舞いをしている頃だ。ひと足先に帰ってきた母親が、二人分の夕飯を作っているところなのだろう。佳那は実家の夕餉《ゆうげ》の光景やにおいを懐かしく思い出しながら、母親と話した。

「もしもし、佳那だけど」

「おや、珍しか。どげんしたと？」

滅多に電話などしないだけに、母親は驚いたようだ。

「どげんもせんけど、ちょっと聞きたいことがあるとよ」自然に方言が出る。「お母さん、お姉ちゃんの連絡先を教えてくれんと？」

「何でか？」

母親は理由を訊ねたきり、それ以上、何も言わない。

「ちょっと確かめたいことがあるとよ」

「美紀たちの連絡先は誰にも言わんことになってるけん、私から伝えておくよ」

母親でさえ、自分を警戒している。美紀は、自分たちの受難に妹夫婦が関与している、と確信しているのだろう。だから、佳那には何も教えないでくれと、母親に頼んでいるのだ。自分は家族にも信用されていない。佳那はそのことに深く傷付いている。

「お母さん、何で教えてくれんとよ?」

佳那は母親を責めた。

「美紀が誰にも教えないでって、言っとるけん」

母親は低い声で繰り返した。

「私、妹やね。信用でけんっちゅうこと?」

母親は沈黙している。

「お母さん、私、誰にも言わんけん、信じてよ。ね、お願い。お姉ちゃんに話したいこつがあるけん」

母親は何も発しない。テレビの音だけが、騒々しく響いている。自分が結婚してから、いっそう実家と疎遠になったのは、美紀のことがあったからだろう。

「わかった。じゃ、お姉ちゃんに謝っといて。私の知らんうちに、何か洩《も》れとったかもしれんて。だとしたら、申し訳なかってん」

「はい、わかった」

母親が硬い声で事務的に答える。洩らした人物が望月だとは言わなかったが、母親には伝わっているのだろう。そのことも、佳那には耐え難かった。

自分が望月を二度と信用できないように、家族も自分を信用できなくなったのだ。信頼を失うことは、孤独の淵に追いやられることでもある。佳那は寄る辺なさを実感して、泣きそうになった。

「お母さん、お姉ちゃんによろしくね」

やっとのことで言うと、母親の返事を聞く前に電話を切った。あまりにも悲しく寂しくて、すぐさま電話帳を繰って端から順に、誰彼構わず電話をして話したい。だが、佳那には、そんな相手はいない。自分は孤独のどん底にいる、と佳那は思った。

部屋に備え付けの冷蔵庫を開けると、ウィスキーのミニボトルが並んでいた。佳那は数本取り出して、次々にグラスに注いだ。ベッドに座って、そのまま生《き》で呷る。酔って早く寝てしまおうと思うのに、ちっとも酔えなかった。

空きっ腹にウィスキーを生で流し込んでいるせいか、急に酔いが回った。立ち上がろうとして足がもつれ、床に手を付く。その時、電話が鳴った。

「もしもし」

「佳那」

やっと望月からの連絡だ。腕時計を見ると、すでに九時近い。

「何してたの、今まで。ずっと待ってたのに、酷いじゃない」

尖った声で詰った。

「ごめん。いろいろあってさ、参ったよ」

「私も参ってる。訊きたいことがあるのよ、早くここに来て」

「ちょっと今夜は無理だな」

望月の声も疲れている様子だ。

「無理？　何言ってるの。私一人で放ったらかされてるんだよ、酷いじゃないの。私、今日、誰に会ったと思ってる？　須藤先生だよ、須藤先生。あいつ、昭ちゃんに文句を言いに、わざわざ上京してきたのよ」

「須藤とどこで会ったって？」

「うちの下で見張ってたの。私、つかまったから、必死に逃げてきた。なんで、あいつ、わざわざ来たの？　昭ちゃんが何かしたんじゃないの？」

「何もしてないよ」

その声は頼りない。

「嘘吐かないで。あいつ言ってたよ。望月に欺し取られたって」

「何言ってるんだ。儲けた時は何も言わなくて、損をしたら、俺のせいだと言うんだろ。呆れるよ、まったく」

しかし、望月の声には、以前怒った時のような張りはなかった。

「あと、お姉ちゃんの居場所を教えたのは、望月だって言ってた。ほんと？」

「俺がそんなことするわけがないだろ」望月が怒った声を出した。「もう切るぞ」

「脅したって無駄よ。お姉ちゃんを酷い目に遭わせたのは、昭ちゃんだったんだね。嘘吐き、嘘吐き」

「おまえ、酔っ払ってるんだろう。いい加減にしろよ」

「酔ってなんかいないよ。酔いたくたって酔えないもん。あんたが、私とお姉ちゃんの間を裂いたんだよね。せっかく、お姉ちゃんが私に電話してくれたのに。あんたが須藤なんかに喋ったから、お姉ちゃんたち苦労して、ほんとに可哀相」

思わず涙声になる。小さな喧嘩はたくさんしてきたが、これほどまでに望月を詰り、心底から軽蔑したのは初めてだった。

「してないよ、そんなこと」

望月からは辟易している感が伝わってきて、いっそう腹立たしかった。

「してるよ、嘘吐き。須藤の売上が欲しいからって、お姉ちゃんの住所を教えるなんて最低の男だよ、最低」

「何が最低だよ」望月が電話の向こうで笑い声を上げる。「おまえだって、俺の稼ぎで贅沢してたじゃないか。同罪だよ、同罪。おまえ、先月いくら遣ったと思ってるんだ。八十七万だぞ、八十七万。ただの主婦が遣う額じゃねえだろ。何が嘘吐きだよ。おまえだって、楽しんでたじゃないか」

美蘭とホストクラブに行くと、一回の払いは軽く二十万近くなる。最近、三回のうち二回は、佳那が払うようになっていた。他に一緒に食事したり、ディスコやクラブに行く金も佳那の払いだ。

「だからって、お姉ちゃんを売ることないでしょ。お姉ちゃんたちは、ヤクザに追われて転々としているんだよ」

「因果応報だろ。それだけのことしてるんだよ」

望月の言葉は、胸に突き刺さった。因果応報。それは自分たちのことではないか。

「私、こんなところに居たくない。耐えられない」

佳那は独りごとのように呟く。

「だから、早くシンガポールに行くんだよ」

それではまるで、国外脱出するかのようだ。

「ねえ、昭ちゃん。私たち、何から逃げてるの？」

「わからない。ともかく、みんな俺に怒ってるんだよ。まるで夢から醒《さ》めた人が、何で起こしたんだ、俺は夢の中に戻りたいのにどうして起こしたんだって、怒ってるみたいな感じなんだよ。呆れるよな。勝手に甘い夢見やがってさ」

望月が、うんざりした様子で愚痴をこぼし始めたので、佳那は言葉尻に被せるように叫んだ。

「そんなことより、早く迎えに来てよ。私、こんなところで独りでいるのは嫌」

「佳那、あと一、二週間、そこで辛抱してくれよ。俺がいろんなこと片付けるから、それまで待ってくれ」

「昭ちゃん、家にいるの？」

「いや、俺もホテルにいる」

「どこのホテル？　電話番号教えてよ」

だが、望月は黙ったままだ。この人は自分が喋るかもしれないと思って、警戒しているのだ。

佳那は、自分に対する望月の不信を感じ取って笑いたくなった。お互い様ではないか。自分たちは何という似た者夫婦なのか。

「俺から電話するから、心配するな」

「呆れた。自分勝手ね」

佳那の嘲笑に、望月は何も答えない。

「ねえ、川村さんと一緒なの？　あの人、どうしたの？　まだヤクザに連れ去られたままなの？」

「いや、昨日帰されてるよ」

「よかったじゃない」

佳那はほっとした。それなら、まだ希望があるではないか。この時期を何とかやり過ごせば、道は開けるだろう。すると、望月が何ごともなかったかのように付け足した。

「けど、その後、自殺した」

佳那の総身に鳥肌が立った。

「どうやって」

「西武線に飛び込んだ。沼袋駅だって。何で沼袋なんだか」

望月は思い出しもしないようだが、それは確か水矢子が住んでいた駅ではないか。そう思ったが、佳那は何も言わなかった。

「いつ聞いたの？」

「さっき、優成さんから連絡があった。優成さんもショックを受けてる。なんせ、一緒にやってきた仲だからね。川村は秘書的な立場だったし」

「優成さんはどうしてる？」

「じきにパクられるから、必死に現金隠してる。奥さんの実家に隠したり、愛人にばらまいたり、大変らしい」

「客に返さないの？」

望月はそれには答えなかった。佳那にもその理由はわかっていた。すべての客に返金するには、到底足りないのだ。だったら、自分で持っていた方がいい。

「ともかく、佳那。ここを何とか凌《しの》いでくれよ。一週間かそこら経ったら迎えに行くから、それまで待ってて。そうだ、田川に帰ったらどう？」

「あんたのせいで、帰る場所なんかないよ」

望月は返事をしなかった。佳那は電話を切った後、スーツケースを開けて、白いワンピースに着替えた。化粧を直してクロコのケリーを持ち、部屋を出る。ホテルルームのような無機的な空間に独りでいることが耐えられなかった。正面玄関からタクシーに乗ると、「歌舞伎町」と告げた。ケンタと会って、何もかも忘れるほど酒を飲みたかった。

ホストクラブに入ると、最初はその暗さに戸惑う。目が慣れるまで、足元も覚束ない。照明は各テーブルの上のライトだけだから、何度見ても、あちこちで若い男女が小さな焚火を囲んでいるように見える。

佳那は美蘭が来ていないかと、目を凝らした。佳那を誘わずに、一人でハルキに会いに来ているかもしれない。弱っている佳那は、すぐにでも美蘭に会いたかった。

「いらっしゃいませ」

だが、佳那の前に現れたのは、当のハルキだった。売上ナンバーワンを誇る真っ白なスーツを着て、胸元に赤いチーフ。宝塚の男役もかくや、と思わせる気障《きざ》な格好だった。足元を照らす小さなライトの持ち方も粋だ。

「美蘭、来てない？」

美蘭の名を聞いたハルキが、肩を竦めた。

「今日はまだいらしてませんね」

「ここで会えるかと思ったのに」

「まだ、お店じゃないすか」

ハルキはまったく関心がないようだ。美蘭はこの薄情な男に愛情と大金を注ぎ込んだのに、と佳那は思う。が、それどころではなかった。

「私、ケンタさんを指名したいんだけど」

「ケンタ？」

自分ではないと知ると、たちまち言葉も態度もぞんざいになる。これがこの男の本質なのに、美蘭はハルキのどこがいいのだろうと不思議でならない。

「佳那さん、いらっしゃいませ」

ケンタがやって来ると、ハルキはどこかに行ってしまった。ケンタはハルキの引き立て役なので、地味な黒いスーツ姿で、白シャツのボタンを外して胸元を見せている。胸には、太い喜平ゴールドのネックレスが光っていた。

「さっき、どうしたんですか？　大丈夫？」

ケンタが佳那の横に来て、心配そうに訊ねた。

「いろいろあって」

「飲んで忘れましょうよ」

ケンタに導かれて、佳那は奥のテーブルに向かった。

「私、今、京王プラザに泊まってるの」

歩きながら、ケンタに囁いた。

「ご主人と喧嘩したんですか？」

「そんなようなものだけど」

そう言ったきり、次の言葉が出ない。こんな事態をどう説明すればいいのか、わからなかった。夫が背負い込んだ莫大な金銭の恨みを、どうして妻の自分が一緒に負わなければならないのだろう。

望月は、「俺の稼ぎで贅沢してたじゃないか」と佳那を詰ったが、佳那に美蘭をあてがっておいて、楽をしたのは当の望月ではなかったか。早朝出て行ったきり深夜まで戻らず、帰宅時には必ず泥酔。日曜の休みはほとんど家で寝ているだけの夫と、どうやって暮らせばよかったのか。望月は優成や川村らと、金に飽かせて芸者遊びをしたり、高い料亭や銀座のクラブに通い、やりたい放題だった。それは当然のことながら、大勢の「大人」たちの眉を顰めさせたことだろう。

福岡支店にいた頃が、夢のようだった。佳那は、望月が売上を伸ばして突っ走るのを、陰で支えるのが嬉しくて、営業センスのある望月が心底誇らしかった。二人で示し合わせて昼食を食べながら作戦を練り、外線から掛けられた望月からの電話に、顧客と喋るふりをする。二人で立ち向かうなら、何も怖くはなかった。佳那は、望月の売上が上がってゆくのが、楽しくてならなかった。

しかし、それは望月が姉の居場所を須藤に教えたことによって、始まった成功だったのだ。今、その成功が砂上の楼閣に過ぎなかったとわかったが、時はすでに遅い。望月は二人で海外に行けば何とかなる、と思っているようだが、自分の心はもう死にそうだ。いや、死んでいる。

「大丈夫ですか?」

ケンタが手で背中を支えていることに気付いて、佳那は我に返った。店の中で立ち止まって考え込んでいたらしい。

「あ、すみません」

「謝らなくていいよ。それより来てくれて嬉しい」

ケンタが耳許で囁く。

「私、優しくされたいの」

「僕でよければ、いくらでも支えますよ」

佳那はその言葉に安堵した。

導かれるままに柔らかなソファに座ると、横に来たケンタが佳那の持つケリーバッグを指差した。

「ホテルの部屋番号教えて」

佳那は持って出たルームキーをそっと見せた。

「店が終わったら、行っていいですか」

佳那は小さく頷いていた。


佳那が京王プラザに部屋を取ってから一週間経った。予告なしに望月が現れることを怖れて、佳那はケンタの部屋で、ほぼ毎日会うようになった。

ケンタの部屋は大久保の、陽当たりの悪い１ＤＫだった。ケンタは優しいが金はない。衣装代にも事欠くようだったので、佳那はケンタに五万ほど渡してやった。

ケンタは「俺はハルキと違うから、小遣いならいいすよ」と嫌がったが、二度目はそうでもなかった。そして、佳那にいっそう優しくなった。

不思議なもので、佳那はその時初めて、金の威力というものを感じたのだった。ブランドバッグを買う時も、美蘭と高いレストランで食事をする時も感じたことのない感覚だった。

ケンタの部屋に泊まるのも四度目。佳那は午後の早い時間、ホテルにいったん帰ってきた。

その時、佳那を見てロビーで立ち上がった男がいた。望月だった。げっそりというほどではないが、頬が少しこけていた。

「どこに行ってたの？」と佳那に聞く。

「友達のとこ」

佳那はぶっきらぼうに答えた。望月を絶対に許さない、と固く誓っているから、良心の呵責《かしゃく》など一切なかった。

「美蘭のとこ？」

そう言われて、美蘭に何度電話しても出ないことを思い出し、なぜか胸騒ぎがしたが、望月にそのことを言う気はなかった。下手をすると、山鼻経由でハルキのことが知られて、美蘭と自分がホストクラブで遊んでいたことがばれるかもしれない。そして、ケンタのことも。

「別の友達」と、誤魔化した。

「へえ」望月は関心なさそうに頷いた。「部屋に電話してもいないから、待ってたんだ。部屋に行こう」

周囲を窺いながら早口に言ったので、望月は誰かに追われているのかと、佳那も不安になって振り返った。二人でエレベーターに乗ったが、互いに無言で気詰まりだった。

部屋に入ると、望月はカーテンを開けて外を見た。ベッドがメイキングされたままで、昨夜使っていないことには気付いていないらしい。

「何だ、工事中か。眺めが悪いな」

望月は、都庁の工事現場を見下ろして言った。今頃、何を言ってる。自分はこの部屋に閉じ込められ、不安と寂しさで泣いていたのだ。佳那はむっとして訴えた。

「ここは嫌い。飽きたから移りたいわ」

「そうだな、どこがいい？　赤坂東急か都ホテルはどう？」

「新宿でいい。ヒルトンにでも行くわ」

すると、望月が怪訝な顔をした。

「新宿が嫌じゃなかったの？」

佳那は答えずに、話を変えた。

「ところで、川村さんのお葬式とかは終わったの？」

「とっくに終わったよ」

望月は詳しく言わなかった。

「川村さんは何で沼袋で飛び込んだのかしら。沼袋って、みやちゃんの駅でしょう。だからかしら」

「さあ、どうかな。そんなこと、誰にもわからないよ」

望月はさして関心がなさそうだ。上着を脱いで椅子の背に掛けると、ベッドに仰向けに寝転んで目を瞑った。

「ねえ、シンガポールにいつ行くの？」

「二、三週間したら」

「旅行じゃないんだから、こんな突然行って、暮らしてゆけるものかしら」

「パスポートさえあれば大丈夫だ。全部家具付きだし、俺ら子供もいないから、楽だよ」

自分が、子供が欲しいと訴えたのに、本気で作ろうともしなかったくせに。何が「楽」だ。佳那の胸の裡が怒りでいっぱいになる。

「じゃ、銀座の部屋はどうなるの？　服も靴もアクセサリーも、みんな置きっ放しだよ」

「東京に来ることもあるから、そのまま借りておけばいい」

望月は目を瞑ったまま、答える。佳那の目をまともに見たくないのだろう。

「じゃ、私、東京に残るわ」

佳那が言うと、望月が驚いた顔で目を開け、佳那を睨んだ。

「どうして？」

「行きたくないからよ。あなたが信頼できないから。私のお姉ちゃんを須藤に売ったくせに、知らないって嘘吐いたから」

「また、それか。いい加減にしろよ」

望月がうんざりしたように言う。

「脅したって平気よ。あんたが謝るまで、何度でも言うよ。私はあんたのせいで、お姉ちゃんの信頼失ったんだよ。私たち仲がよかったのに、もう二度と会えない。全部あんたのせいだからね」

「大袈裟なこと言うなよ」

「大袈裟じゃないよ、本気だよ」

　佳那が腕組みをして叫ぶと、望月が怒鳴った。

「俺だって、須藤がそこまでやるとは思ってもいなかったんだよ。未練たらしいオヤジだと軽蔑して、教えてやっただけだ。佳那だって、あの時は一緒になって須藤から金を搾り取るつもりだったじゃないか。俺は佳那の代わりに復讐してやろうと思ったんだよ」

　須藤から山鼻に繋がり、さらに山鼻から危うい男たちとの関係ができた。今、彼らから、望月は責められている。

「それで今は逆になったわけ？　昭ちゃん、その人たちに復讐されそうになってるの？」

　望月は左腕を目許に当てたまま、しばらく何も言わなかった。

「違う、復讐じゃないよ。損した分を返せ、と言われてるんだ」

「そんな義務はないでしょ」

「あいつらはそうは思っていない」

「あいつらって誰？」

　望月は何も答えずにベッドから起き上がった。

「じゃ、ヒルトンに移ったら、部屋番号教えて。また来るから」

「ちょっと待って。何も説明しないで帰る気？」

佳那が怒って、部屋を出て行こうとする望月を止めようとすると、邪険に手で振り払われた。佳那ははね除けられて床に尻餅をついた。望月に乱暴されたことなど一度もないから、唖然として声も出なかった。

「ごめん」

謝って起こそうと差し出された望月の手を、今度は佳那が振り払った。

「私に触らないで」

そして、佳那はドアを大きく開け、望月を廊下に押し出した。望月の戸惑った顔が見えたが、佳那はもう二度と会えなくてもいいとまで思った。望月が去った後も腹立ちが収まらない。佳那は散らかった荷物をスーツケースに無理やり突っ込んで部屋を出た。ヒルトン、いや、どこか違うホテルに移って、そのまま望月から身を隠してしまおうと思う。

カードでホテル代を精算して、タクシーを拾った。結局、ケンタの部屋により近くなる、新宿のヒルトンホテルにチェックインした。どうせ、連絡しなければ、望月は佳那の居所を永久に見失うのだ。いい気味だと思った。

翌々日、佳那は伊勢丹デパートに買い物に行った。エルメスのネクタイを、ケンタへのプレゼントとして買う。店では今日、午後六時の出勤の後、週に一度の売上成績の発表があるという。ケンタの売上に佳那はかなりの貢献をしているはずだから、上位に入るのは間違いなかった。ケンタはベストテンに入ったこともない、と言っていたから、何かプレゼントをしたかった。小遣いも渡そうと、佳那は隣の銀行のATMに寄って、現金を下ろした。二十万円下ろした後、残金の額を見て驚いた。

数千万は入っていた夫婦の口座は、残額がたったの三十数万円になっている。何かの間違いではないかと何度も見たが、額は変わらない。これでは、ヒルトンのホテル代も払えるかどうかわからない。自分の預金もあるにはあるが、まとまった金は投資のためにすべて望月に渡していたから、残金はこちらも数十万円だ。何が起きたのかわからず、佳那は急に怖ろしくなった。

慌ててホテルに戻り、望月のポケットベルに数字を打った。ホテルの電話番号と部屋番号だ。だが、電話はかかってこない。結局、望月とは別れられないのか。

佳那は不安のあまり、居ても立ってもいられなくなり、ケンタのアパートに向かった。ケンタは遅い昼食を食べ終わったところらしく、テレビを見ながら寛《くつろ》いで煙草を吸っていた。上半身裸で、汗が光っていた。小さなテーブルの上には、ラーメンの丼がある。ラーメンを食べて汗をかいたのだろうが、何となく見てはいけない姿を見たような気がして、佳那は思わず謝った。

「ごめんね」

「何で？」ケンタが怪訝な顔をする。「佳那さん、どうしたの」

ケンタは、また戻って来た佳那に驚いたのだろう。だが、気を許しているのか、傍らにあるTシャツに袖を通そうともしない。

「何でもないの。ケンタさん、これプレゼント」

エルメスの包みを渡すと、ケンタが煙草をくわえたまま喜んだ。

「ありがとう。こんなことしなくてもいいのに」

ケンタはさらに何かを待っているような顔をした。現金の入った封筒を待っているのだろうか。佳那はよほどバッグの中にある封筒も渡そうかと思ったが、残高を思い出すとできなかった。

「佳那さん、そういえば、昨日、ハルキが変なこと言ってた」

ケンタがエルメスのリボンを解《ほど》きながら言う。

「最近連絡がないから、どうしてるのかと思って、美蘭さんに電話したんだって。でも、出ないから、部屋に行ってみたって。あいつ、合鍵持ってるんだよ。そしたら、食事の支度とかそのまんまで荷物もあるのに、犬もいないし、何か変だったって」

佳那の顔から血の気が引いたが、ケンタはそれに気付いた様子もない。

2

水矢子は、部屋の中をうろうろと歩き回っていた。真新しいカーテンや、買ったばかりの食器棚に触れてみたり、これまた新品の白木のダイニングテーブルの前に腰掛けてみては、椅子の位置を動かしたり。落ち着かない気持ちだったが、部屋には心から満足していた。念願のフローリングの床は、滑らかで清潔だった。沼袋のアパートの変色した古畳を思い出すと、よくもあんなところに住んでいたと寒気がした。

ガス台は当然のことながら二穴あり、キッチンシンクには何の曇りもない。小さいながらユニットバスも付いているし、ベランダには洗濯機を置くスペースもある。狭い台所で下着を手洗いしていた自分が、とても哀れで貧しい女に思えた。

京王線桜上水《さくらじょうすい》駅から、歩いて五分。住宅地に建つ新築のアパートは、予算より遥かに家賃が高かったものの、水矢子が生まれてこの方住んだ部屋の中では、一番綺麗で洒落ていた。

沼袋のアパートは、風呂なしでトイレは共同。男ばかりのアパートに若い女一人で住むのは、まったく気が休まらなかった。それが嫌で、南郷の家に逃げ込んだが、覗かれたり誘われたりする心配はない代わりに、完全な女中扱いをされて、プライバシーも自分の時間もないに等しかった。

電話や手紙で来る占いの予約を受け付けて、南郷のスケジュールを把握するだけでなく、客の応対、掃除や洗濯などの家事、そして三度の食事作りも、すべて水矢子の仕事だった。合間を縫って駅前のスーパーに買い物に行き、ついでに南郷の衣装を出しにクリーニング店に寄ったり、書店まで占いの参考資料を買いに行かされたり、銀行の用事を済ませたり、と雑用も多く、ほとんど自分の時間がなくなった水矢子は、あまり躊躇《ちゅうちょ》することもなく大学に退学願を出した。

当時は、男女雇用機会均等法が施行されたばかりで、そう親しくもない女子大の級友の中には、男と同じ給料で働けると喜ぶ者もいた。しかし、働いた経験のある水矢子は楽観はしていなかった。どのみち、男並みに働けるのは、女性の中でも数少ないエリートだけに決まっている。自分のように地方出身で、さして有名でもない女子大出なら、男並みのポストや給料など見果てぬ夢だ。だから、学費ばかりかかる女子大などさっさと辞めて、すぐにでも働いた方がいい、と割り切った。

貯めた金で新しい住まいに引っ越し、当面はバイトでも何でもして、さらに実入りのいい仕事に就こうと思っている。現に今、たった一人きりで素晴らしい空間に住むことができたではないか。それも、自力で貯めた金で成し遂げたのだ。水矢子は自分が誇らしくてならなかった。この生活を、ずっと続けていけばいい。

水矢子は、川村のアドバイスを聞いて株を買い、三百万近く貯めた。もちろん、自分の少ない給料の範囲内だから大きな投資はできなかったが、慎重な水矢子は、バブルもそろそろ終わりだろうと見切って、余計な投資をしなかったのだ。

だが、南郷は欲を出して、元も子もなくした。儲けた金をどんどん優成株に注ぎ込み出資もしていたから、後戻りできなくなったのだ。亀田優成が推奨すれば、その株価がぐんと上がる。「優成マジック」という言葉も聞かれるほどの、ブランド力を誇っていたが、優成の名は大きくなり過ぎた。

十倍返しと銘打って資金を集めたはいいが、株が思ったほど値上がらないと、保証した金を客に返せなくなった。それで、保証金が戻らない、約束違反だ、と客が怒った。南郷もその一人だ。

水矢子は、こう思う。どうせ株なのだから、本来は保証する義務などない。むしろ、顧客から金を集めて投資し、預かり金を十倍にして返金する、なんて元来あり得ない優成の話に乗る方がおかしいのだ、と。証券会社に勤めていた水矢子は、ある程度、内情を知っている。だから、冒険はしない。地道に儲けた分だけ貯金し、損していい程度の金でしか株を買わなかった。それで何とか生き残ったのだ。

今、南郷は金が返らないと言って憤慨している。その怒りの矛先は、川村を紹介して、一人だけ舟を下りた自分に向かっているらしいが、それも愚かしい話だった。

儲けた時は、水矢子のおかげだと褒め、「あんたは風の人だけど、春風の人だね」などと調子のいいことを言ったくせに、今は「水矢子は疫病神だ」と怒っている。南郷と離れてしまえば、そんなことは、どうってことはない。呪い殺せるのなら、呪い殺してほしいものだ。水矢子は嘯《うそぶ》いて肩を竦めた。

こんな謂《い》われのない勝利感に酔っている水矢子は、誰彼構わず自慢して、部屋に招きたいような気分だった。が、自慢しようにも、東京での知人は数えるほどしかいない。東京で頼れるのは、望月と佳那の夫婦だけしかいないのだった。水矢子は、保証人になってくれ、と頼んだ時の佳那の表情を思い出して、暗い気持ちになった。

佳那の顔色は優れず、何かに気を取られている様子なのは、一目瞭然だった。佳那が、水矢子の借りるアパートの住所をまったく見もせずに、上の空で判を押したのはどうしてだろう。

佳那だったら、水矢子がどんなところに住んで、これからどんな仕事をするのか、と親身になって聞いてくれたはずだ。絶対に何かあったに違いない。急にシンガポールに行くことになったなんて、まるで逃げ出すみたいではないか。きっと望月が客を欺したか、阿漕《あこぎ》なことをしたかで、追われているのだろう。あの川村のように。

水矢子の部屋に、電話はまだ引いていない。買い物に出たついでに、公衆電話から佳那の家に電話してみようと思う。まだ日本にいるはずだから、間に合うだろう。もし望月が出たら、優成の逮捕が近い今、川村がどうしているか聞いてみようとも思う。

正直なところ、水矢子は望月が好きではない。実がないくせに、やたらと安請け合いをする、口八丁手八丁の男だと思っている。

水矢子は、望月に川村を紹介された日のことを思い出した。痩身で眼鏡を掛けた川村は、いかにも目立つ男の下で、その男を支えるのが似合うような、真面目そうな男だった。実際、川村はその印象通りで、株屋でありながら実直な人間だった。いや、望月や優成など及ぶべくもない、いい人だった。

望月は、自分と川村を結び付けようとした。彼の何か企んでいるような表情は、自分はいいことをしていると信じる、まったくもって自分勝手なものだった。

後に川村が、「望月さんに、みやちゃん綺麗だろう？ 早く結婚しろよ、と言われました」と、水矢子に打ち明けたことがある。地味な自分と実直な川村は、お似合いの二人だと思ったのだろう。しかし、水矢子の心はまったく動かなかった。水矢子は恋愛をしたことがないし、したいとも思わない。

むしろ、好きなのは佳那だ。優しくて美しい佳那には、いつまでも幸せであってほしいと願っている。問題は、佳那の結婚だ。望月が災厄を引き連れてきて、佳那を破滅させないことを願うばかりだ。

水矢子は冷凍庫から氷を出してグラスに入れた。同じく冷凍庫で冷やしてあったウォッカを、グラスに四分の一ほど入れて、百パーセント果汁のオレンジジュースを注いだ。指先で軽く混ぜる。スクリュー・ドライバー。このカクテルが好きだ。

初めて天神のビルの中にある「THE GOLD」に行った時、酒など飲んだことのない水矢子が、何を頼んでいいかわからず、オレンジジュースを頼んだ。

美穂に「ウォッカ垂らす?」と聞かれたのはその時だ。当時は酒の種類など何も知らなかったのに、今では、このウォッカをオレンジジュースで割った酒が一番好きになった。水矢子はダイニングテーブルの前に座って、スクリュー・ドライバーをひと口飲んだ。

「うまか」

母親の口癖を真似して言って、一人で苦笑する。仕事で疲れて帰って来た母親が、まず一杯と、焼酎を湯飲みに入れて呷った時、必ずこう言うのだった。呑んべえの母を軽蔑していたのに、いつの間にか最初のひと口には、まじないのように、この言葉を口にするようになった。

水矢子が南郷のところにいて、よかったことはただひとつだ。南郷の晩酌に付き合って、毎晩酒を飲むうちに、すっかり酒が好きになったことだ。

南郷は酒飲みで、仕事が終わると八時頃からビールを飲み始め、食事と一緒にワインや日本酒を飲み、最後はウィスキーで締めた。飲み始めると、優に四時間はかかる。片付けが遅くなるから、最初は苛立っていた水矢子だが、付き合ううちに酒量も増えて、一緒に酔うようになった。

川村も来れば必ず、この酒宴に付き合った。川村が酔うと、口を衝いて出るのは、優成に対する憂慮だった。

「優成？　あいつのこと心配ですよ」

　頭をふらつかせながら、川村が南郷に向かって言う。主に、川村とお喋りするのは南郷だった。テーブルの上には、総菜の残りと、チーズやスナックなどのおつまみ類とが、ごちゃごちゃと載っていた。水矢子は酔いながらも、これを片付けるのは自分か、とうんざりしながら、二人の話を聞いていた。

「どう心配なのよ。そんな心配するようなボスなんか、紹介するんじゃないよ」

　酔った南郷が、目を据わらせて難詰する。南郷の酒は、あまり質がよくなかった。泥酔すると泣きだすこともあるが、その前はやたらと攻撃的になる。

「そうです、私が紹介しましたよ」川村が頷く。「でも、優成はもう、以前の優成じゃないですよ。相変わらず勘は冴えてますけど、動きが鈍くなった。というのはですね、優成にぶら下がっている人が多いからですよ。今や、百億ですよ」

「百億人？」

　南郷が驚いて声を上げる。

「違いますって」と、川村が笑う。

「何が百億なのよ」

　南郷が煙草に火を点けてから、自分のグラスにワイルドターキーを注いだ。音がするほど勢いよく注いだところを見ると、かなり酔っているのではないかと、水矢子は心配した。

「出資金ですよ。百億円」

「そんなに集まったの？　それはすごいねえ」

「すごいですよ」

「私が出した金なんて、微々たるもんだわね」

「そんなことないですよ。五千万て、たいした額ですよ」

　水矢子は内心その額に驚いたが、おくびにも出さないようにしていた。川村からちょっとした情報をもらって始まった「南郷先生の相場占い」は、宣伝などしていないにも拘わらず、結構当たる、と評判になった。もっとも、当たる確率は三分の二程度だった。それでも、南郷の占いは当たる、と口コミで知られるようになった。

　相場占いの相談料は、通常の占いの二倍の値だ。さらに儲けた客は、南郷にご祝儀を置いてゆく。その額も馬鹿にできないし、南郷自身も川村の情報で株を買っていた。だから、南郷の収入は以前の五倍以上にはなっていたはずだが、それにしても、五千万の投資ができるとは。水矢子は驚きを隠せなかった。

　水矢子は家事と雑用一般をすべて引き受けているが、南郷の収入がどのくらいあるかは知らない。南郷が絶対に教えてくれないからだ。客から謝礼を受け取るのは南郷で、南郷はその金を自室の金庫に入れて、申告は税理士に任せていた。そんなに儲けているのなら、もう少し給料を出してくれてもいいのではないかと、水矢子は思ったが、言わずに我慢していた。そんな水矢子の気持ちも知らずに、南郷は川村に甘えた声で訊ねる。

「ねえ、川村ちゃん、私のお金、ちゃんと戻ってくるわよね。てか、優成は十倍にするって言ってんのよ。大丈夫？」

「そのくらいなら、大丈夫ですよ」

「そのくらいならってどういう意味？　だって十倍って五億よ」

「そら、最初から億単位なら、容易じゃないってことです」

「ほんと？　五億戻ってくる？　約束してよ、川村ちゃん」

川村は苦笑して、差し出された南郷の小指と指切りげんまんをさせられた。その時、川村がちらりと水矢子の方を見遣った。

水矢子は視線を感じたが、素知らぬ顔をして、ティッシュでテーブルに散らかったピーナッツの破片を片付けるふりをしていた。五千万という額にも驚いたが、それが十倍の五億になって返ってくると信じている南郷にも呆れていた。そんなうまい話があるわけがないし、適当な約束をする川村に呆れてもいた。

指切りをした後、南郷は急激に酔いが進んだらしく、川村にしなだれかかった。

「ああ、酔っ払った。もう、寝なきゃ。ねえ、みやちゃん、明日何時から客が来るの？」

回らぬ口で、水矢子に訊ねる。

「明日は十時からです。その後、午前中にもう一人来ます」

水矢子は腕時計を覗きながら答えた。午前一時を過ぎていた。

「十時？　早いね。何て客？」

「島崎さんという女性です。初めての人で、矢坂さんのご紹介です。占いは一時間希望で、相場占いだそうです。ご自分でも資料をお持ちになると言ってました」

水矢子が秘書口調で答えると、南郷は嫌な顔をした。

「矢坂の？　何で、あんなヤツの予約入れるのよ？」

急に南郷が怒りだした。

「入れていい、と仰いましたよ」

水矢子は平然と答える。最初の頃は、南郷の酔った挙げ句の怒りにどう対応してよいかわからず、おろおろしていたが、最近は慣れたので、受け流すことができるようになった。

「言ってないよ」

南郷が腕組みして、水矢子を睨んだ。

「いいえ、三日前に仰いましたよ。お忘れですか？」

すると、南郷はまるで水矢子が意地悪しているかのように悄気《しょげ》るのだ。

「お忘れですかって、何で、私がそんな風に言われなくちゃならないの」

「でも」

本当のことです、と抗弁しようとすると、川村が水矢子を遮って立ち上がった。南郷の肩をそっと叩いて言う。

「先生、もうやすみましょうよ。遅いですし」

南郷はしばらく嫌がる素振りを見せていたが、やがて立ち上がった。ふらつく南郷は、川村の肩に縋るようにして、奥の寝室に入って行った。そして、そのまま川村も朝まで部屋から出てこなかった。


翌朝九時半。そろそろ準備しないと客が来る。南郷の部屋の前で、水矢子はノックしようかどうしようか迷っていた。いきなりドアが開いて、川村が現れた。ワイシャツ姿で上着を手に持っている。いかにも寝起きらしく、眼鏡を掛けておらず髪が乱れていた。

「おはようございます」

水矢子が挨拶すると、川村は目の前にいる水矢子に驚いた様子で、何も言葉を発しなかった。

「あのう、そろそろ起きないとお客さんが来ます、と先生に伝えて頂けますか」

川村が頷いた時、奥から不機嫌そうな南郷の声が聞こえてきた。

「私なら、起きてるわよ」

「よかった。じゃ、先生。よろしくお願いします」

水矢子はほっとして、踵《きびす》を返した。すると、川村が追ってきた。

「水矢子さん」

「はい?」

振り向いて川村の顔を見る。

川村は急いで眼鏡を掛けながら、恥ずかしそうに言った。

「昨日はご馳走様でした。片付けを手伝わないで、すみません」

「いいんです。先生の面倒を見てくれたから有難いです」

「クールだなあ」

川村が照れ笑いを浮かべながら言った。こういうことをクールと言うのだろうか。水矢子は首を傾げながら、川村に聞いた。

「川村さん、朝ご飯を召し上がりますか？」

「いいんですか？」

「いいですよ、たいしたものはないけど」

「じゃ、お言葉に甘えます。水矢子さん、気にならないんですか？」

「何がですか？」

「僕が南郷先生と一緒にいたこと」

「いえ、別に」

「そうか、不快かなと思って心配してました。てか、不快に思ってくれるといいな、と期待してました」

川村は南郷を気にしたのか、寝室の方をこっそり顧みながら、小さな声で言った。

「どうしてですか？」

「どうしてって」と、呆れたように言いかけて、川村は諦めたのか手を振った。「いや、何でもないです。忘れてください」

川村は自分を好きなのだろうか。もし、そうだとしたら、少し鬱陶《うっとう》しい。沼袋のアパートでもそうだった。水矢子は、男の側から自分に興味を示されること自体に嫌悪があって、それが続くと逃げたくなるのだった。

水矢子の気持ちが伝わったのか、川村は二度とその話をしなくなった。そのうちに川村は、週末には必ず来るようになった。そして、水矢子の用意した夕食を食べて酒を飲んだ後、二人して南郷の居室に引っ込んでしまう。

最初の頃は、水矢子も加えて三人で食事をしていたが、やがて南郷は、食事も川村と二人だけでしたがるようになった。だらだらと飲みながら、二人でお喋りをしていたいのだ。だから、水矢子は配膳するだけで、夕餉に加わらなくなった。

それはむしろ、水矢子にとっては有難いことだった。台所の小さなテーブルで一人、食事をし、南郷の酒を飲んで寛ぐのが無上の喜びになった。時折、南郷に言われて、川村が酒や水などを取りに台所に来ることがあった。その折、一人で飲んでいる水矢子に、川村が訊ねたことがある。

「水矢子さん、一人で寂しくないの？」

意外な質問に、水矢子は驚いた。

「いえ、むしろ気楽です」

「そうだね、南郷先生、厳しいものね」

南郷が厳しかろうが、優しかろうが、自分の周囲に他人は要らないのだ、と言いたかったが、水矢子は黙っていた。他人に対してそう思う自分は冷たい人間なのか、と自分が自分に訝ってい る。いや、冷たいのではなく、ただ心を乱されたくないのだ、と思い直す。しかし、そのことを川村に説明する気にはならなかった。すると、今度は説明する気がないことが冷たいということなのか、とも思い始める。自分の感情がわからない。あれこれ考えていると、川村が椅子を引いて前に座った。

「水矢子さん、僕のこと、嫌いですか?」

「いいえ、そんなことないです」

「じゃ、好きですか?　なんて聞く勇気は、俺にはないんだよな」

川村は独りごちて、気弱そうに笑った。人が好くて、いつも優成や望月の言いなりになっている川村は、ここでは南郷に意のままにされている。その心中には、憂いや苛立ちがあるのだろうか。

「つまり、好きでも嫌いでもない存在ってのが俺なんだよ」

川村が自嘲するように言ったが、水矢子は何も言わずに俯いていた。酔った川村は、誰にともなく喋り続ける。

「水矢子さん、俺はもう、優成はヤバいと思うんですよ。だから、南郷先生も裏切ることになるかもしれない。いずれ優成が破綻したら、俺もやられるんだろうけど、欲の皮をつっぱらかしてる金を出した方が悪い、と世間は言うと思うんですよ。でも、客は俺なんかの言葉を信用してるから、金を出してるわけでしょ?　やっぱ、俺は罪深いなって思うんですよ。人の信頼をいずれ裏切るわけだから」

「破綻するかしないかなんて、わからないじゃないですか」

水矢子は慰めるつもりで言ったが、川村は首を横に振る。

「わかってますよ。誰もが、もうじき来るってわかってる。じゃ、その時はいつなんだってことですよ。その時は俺もパクられると思うんで、罪滅ぼししてきますけど、南郷先生は俺に怒ると思います」

「どうして？」

「俺を信頼してるから」

「いいことじゃないですか」

「怖いことですよ」

南郷が信頼しているのは株の指南役としてか、それとも男としてか。そう聞きたかったが、水矢子にはそんな勇気はなかった。というか、そこまで踏み込む気がなかった。

「怖いのはどうして？」

「俺も傷付くから。つまり、俺たちを結び付けるものが金だってことが、悲劇なんです」

どういう意味だろう。水矢子には理解できない。その時、南郷の怒った声が聞こえた。

「川村ちゃん、どうしたの。早く戻ってきて」

川村は諦めたように立ち上がると、水矢子を見ずに南郷の部屋に行ってしまった。

川村と二人きりで話したのは、それが最後だった。そして、優成が逮捕されそうな今、南郷は損をさせられたと、川村に対して酷く怒っている。ということは、川村は単なる株の指南役でしかなかったということか。それで川村が傷付くのだとしたら、川村は南郷が好きになったのだろうか。

水矢子は二人の心情を理解できずに、グラスにウォッカを注いで呷った。オレンジジュースが切れたので、生のウォッカは喉をひりつかせた。が、胃の腑に収まると、内壁が燃えるように熱くなって、気持ちよかった。

まだ陽は高い。水矢子はほろ酔い気分で、アパートを出た。日用品の買い物がてら、佳那に電話するつもりだ。アパートを出てすぐのところに、電話ボックスがあった。

水矢子はテレホンカードを出して、佳那の家に電話をかけた。七、八回コールが鳴ったところで、留守番電話に切り替わる。水矢子は、留守電にメッセージを吹き込んだ。

「もしもし、水矢子です。佳那さん、先日はお邪魔しました。おかげさまで、アパートを借りることができました。まだ電話がないので、住所だけ言いますね」

住所を述べている最中に、「もしもし」と男が出た。望月の声だった。

「望月さんですか？　水矢子です」

俺がお膳立てしたのに、川村とどうして付き合わなかったのだ、と詰られそうで、水矢子はあまり望月とは話したくなかった。だが、優成に手入れが入った後、川村はどうなったかも聞きたいので、水矢子は愛想よく話した。

「お久しぶりです。お元気でしたか？」

「元気だよ。みやちゃんは？」

しかし、望月の声に張りはなく、何となく元気がない。

「おかげさまで元気です。あのう、佳那さんはいらっしゃいますか?」

「佳那はね、一人で新宿の方に泊まってる」

「あれ、どうして?」

「ちょっといろいろあってね、便宜的別居ってやつかな」

「便宜的別居ですか?」

水矢子は鸚鵡返しに訊いた。

「どういう意味?　初めて聞く言葉だけど」

「そら、そうだ。俺が今、作った言葉だもん」

望月が楽しそうに笑った。

酒でも飲んでいるような緩んだ口調だ。そもそも、望月が平日の昼間に自宅にいて、電話に出ること自体がおかしい。

「望月さん、今日、お休みですか?」

「まあね」

「佳那さん、夜なら戻るかしら?」

「いや、何せ別居だからいないよ」

「いつ帰ってくるんですか?」

「そろそろだな」

「決めてないの?」

「頃合いを見てってことだよ」

望月はのらりくらりとかわして、なかなか本音を言わない。

水矢子は苛々した。

「じゃ、佳那さんに、私の住所を伝えておいてくださいね。電話引けたら、また電話しますから」

電話を切ろうとすると、急に望月の口調が変わった。

「ところでさ、みやちゃん。川村のこと、知ってる？」

「いえ、何かあったんですか？　優成さんのところに手入れが入ったのは知ってますが」

「ああ、知らないんだ。川村、自殺したんだよ」

水矢子の全身が震えた。予想外のことだったからではなく、川村が薄々、やがて来る自分の運命を知っていたのではないかと思ったのだ。衝撃でしばらく沈黙していると、望月が訊く。

「初耳？」

「はい、知らなかったです。川村さん、どうして自殺なんてしたんでしょうか？」

「さあ、どうしてだろう。沼袋で飛び込んだってさ。佳那は、みやちゃんの住んでた駅だって言ってたよ。そうなの？」

「そうです」

掠れた声しか出ない。それを、望月は動揺の証拠だと思ったのだろう。的外れなことを言った。

「あいつ、みやちゃんのこと、好きだったんだろうな。俺も紹介した手前、罪深いことしたかなと思ったよ。あ、ごめん、こんなこと言って」

無神経な望月でも、気を遣っているつもりなのだろう。

「いえ、本当のことを言いますね。川村さんは、南郷先生と付き合ってたんです」

望月がいきなり甲高い笑い声をあげたので、水矢子はびっくりして受話器を落としそうになった。

「マジか。だって、南郷先生って五十くらいじゃないの？」

優しい川村ならば不思議ではない。あちこちに気を遣っているうちに、その反動でいろんなことが嫌になったのだろうか。もしかすると、自分もいつか、何もかもが嫌になる時がくるのかもしれない。水矢子は不安になった。

「その南郷先生の話、佳那は知ってるの？」

「いいえ、誰にも言ったことがないから、知らないです」

「佳那は川村のことが気に入ってたみたいだから、ショック受けるかもな」

「自殺のことですか？」

「いや、それは知ってる。それより、川村が南郷先生と付き合っていたことだよ。いやはや、事実は小説より奇なり、だな」

好奇心丸出しの言い方に、水矢子は腹が立った。

「ずいぶん失礼ですね」と、音を立てて電話を切った。

しかし、水矢子は電話を切った後に思い直した。望月は川村の死に、大きなショックを受けていたのではないか。彼はもともと虚勢を張るし、偽悪的なところがある。優成と知り合ってからは、客を欺すことも厭《いと》わない株屋を、自ら演出しているところがあった。だから、川村の秘密を知らなかったという驚きを、あんな形で言い表したのではないだろうか。

確かに電話に出た時、望月の声は元気がなかった。川村とはかなり仲がよかったはずだし、同じように顧客から責められていただろうから、その死に深い衝撃を受けていないはずはない。

あれこれ考えた末、水矢子は自分の生硬な反応を謝ろうと、再びテレホンカードを挿して望月の家に掛け直した。だが、今度もコール音が鳴り続けるばかりで、電話は取られなかった。留守電に切り替わったところで、水矢子はメッセージを吹き込んだ。

「水矢子です。望月さん、さっきは突然切ったりして、すみませんでした。大人げなかったと反省しています。望月さんは、川村さんの一番仲のよいお友達だったんだから、南郷先生とのことを知らされていなかったことに、がっかりするのも無理はないと思いました。本当にすみません。それで、私の住所だけは佳那さんに伝えて頂けますか。佳那さんとは、どうしても連絡を取りたいので、どうぞよろしくお願いします」

吹き込んだ後、数秒待ってみたが、望月は電話に出てくれなかった。水矢子はもう一度掛けようかどうしようかと、電話ボックスの中で数分思案していた。

やっとのことで望月と連絡が取れたのに、自分からそれを断ち切ったような気がして、後味が悪かった。このまま二人がシンガポールに行ってしまったら、もう二度と会えないような気がする。

思い切って、銀座の望月の家に行ってみようかと思ったが、どうせ居留守を使われるだろうと思うと、気が進まない。諦めて電話ボックスを出ると、外はまだ暑かった。だが、ボックス内が蒸し暑かったので、外気が涼しく感じられる。水矢子は首許の汗をハンカチで拭い、その場でしばらく呆然としていた。

川村が自殺したことが、どうしても信じられなかった。『その時は俺もパクられると思うんで、罪滅ぼししてきますけど』と、はっきり言っていたのに、逮捕されるのを待たずに死んでしまったことが、あまりに性急で、川村らしくないと思う。

しかし、『好きでも嫌いでもない存在ってのが俺なんだよ』と水矢子に呟いた時の表情などを思い出すと、川村の中で、何かがとっくに壊れていたのかとも思い、その原因は自分にもあるのか、と暗い気持ちになったのだった。

近くのスーパーに行くつもりだったから、サンダル履きでアパートを出てきてしまったが、水矢子は居ても立ってもいられず、南郷の様子を見に行くことにした。南郷が川村の死も知らないで、まだ呪詛を吐いているのではないかと思うと、嫌な気がした。

水矢子は京王線で新宿に出て雑踏の中を歩き、西武新宿線に乗り換えた。南郷とは縁のない場所に住みたいと、わざわざ京王線や小田急線沿線でアパートを探したのに、こんなに早く、また南郷の家に行くことになるとは思っていない。

電車が沼袋駅のホームに滑り込んでゆく。それまで、水矢子は線路の周囲を凝視し続けていた。線路脇のどこかに、花でも手向けられているのではないかと不安でならなかった。しかし、どこにも鉄道自殺の痕と思《おぼ》しきものはなかった。

水矢子は、南郷の家のインターホンを押しながら、それとなく周囲を見回した。水矢子が出て行ってから一週間以上経ったせいか、玄関周りが何となく荒れている。新聞受けからチラシがはみ出ているし、風に吹かれてきたゴミが玄関の脇に溜まっていた。ポーチには、靴裏に付いていたらしい乾いた泥が点々と落ちている。

インターホンを数度押したが、反応はない。しかし、南郷のことだから家にいるに違いないと思い、水矢子はドアをノックした。返事はなかったが、鍵がかかっていない様子なので、そっとドアを開けた。家の中は薄暗く、埃《ほこり》っぽい空気が淀んでいた。その中に、微かにアルコールのにおいが混じっているのを、水矢子の鼻は嗅ぎ当てている。

「南郷先生、水矢子です。いらっしゃいますか？　お邪魔します」

水矢子は、三和土から奥に向かって声をかけた。

リビングを覗くと、果たして南郷はダイニングテーブルに突っ伏して寝ていた。微かに、鼾が聞こえる。評判が落ちて客が来なくなったせいか、あるいは水矢子という歯止めがなくなったせいか、昼間から飲んでいたらしい。

寝間着代わりに着ている色落ちした木綿のワンピース、という人前では絶対に見せない格好をして、髪も乱れている。どうやら顔も洗っていないようだ。

「先生、大丈夫ですか？　少し片付けましょう」

声をかけても起きないので、水矢子はこぼれた酒を拭いたり、空になったつまみの皿を片付けたりした。陽は傾いたが、日没までには間がある。南郷はいったい何時から飲んでいたのだろう。

水矢子はテーブルの横に立って、寝ている南郷を見下ろした。からまれたりすると面倒なので、このまま帰ろうかと踵を返した時、南郷が目を覚ました。

「ああ、びっくりした」胸を撫でながら言う。意外なことに、水矢子を認めて笑った。「みやちゃんじゃないの」

「すみません、何度も声をかけたんですけど、先生が気付かない様子なので、勝手にお邪魔しました」

南郷は目を擦《こす》りながら、本当に水矢子かと確かめるような仕種をした。

「みやちゃん、帰って来たの？」

酔眼に気弱な色がある。水矢子への怒りは収まったのだろうか。

「いいえ、心配なので寄りました」

「何で？」心配なの、という言葉を呑み込んだように思える。

「川村さんのことを聞いたので、南郷先生、大丈夫かなと思って」

「ああ、そうそう」南郷は思い出したかのように暗い面持ちになった。「死んじゃったわね」

「ご存じだったんですね」

南郷は頷いた。

「知ってる。警察が来たのよ」

「警察が？　どうしてですか」

「川村ちゃん、私に遺書を書いてたの」

　水矢子は南郷の顔を見た。

「ほんとですか。何て書いてあったんですか」

「なーんて、嘘よ。名刺持ってたんだって。それで来たの」

　南郷が不謹慎に笑った。それは、望月が南郷と川村のことを知って、好奇心を剝き出しにした声音を思い出させた。南郷はなぜこんな悪趣味な冗談を言いたいのだろう、と水矢子は不思議に思う。

「名刺持ってると、警察って来るんですか?」低い声で訊ねる。

「そうみたい。株のことで相談させてもらっていた、と答えておいたわ」

「そうですか。でも、もし、川村さんが先生に遺書を書いていたら、何て書いたんでしょうね。申し訳ないって書くんでしょうか」

「そうよ。本当に申し訳ないと思ってるのなら、遺書くらい書けって言うのよね」

　南郷が横を向いて、悪意を吐き出すように言う。悪い酒になりそうな予感がする。

　南郷もまた不必要に悪ぶっているようで、水矢子は聞いているだけで疲弊するのだった。

「南郷先生がご存じだったなら、いいんです。そろそろ失礼します」

　水矢子が一礼して帰ろうとすると、南郷が少し優しく言った。

「あんた、それだけを言いに来てくれたの?」

「そうです。ご存じないといけないと思って」

「私はとうにご存じだったのよ。だって、ほんとのことを言うと、川村ちゃんから電話きたから」

南郷が身を起こして、グラスに残っている透明の液体を飲み干した。焼酎のにおいがする。今度ばかりは嘘ではなさそうなので、驚いた水矢子は、その内容を訊きたくなった。

「川村さん、電話で何て言ってたんですか？」

「損をさせてすみませんって、謝ってばかりだった。私のお金は返ってこないんでしょ？　って訊いたら、そうなんです、すみません、すみませんって、また謝って。前の日も責められ続けて、謝るのに疲れましたって言ってた。こんなことが続くくらいなら、自分はいない方がいいんだって思いましたって。何かヤクザにも脅されて、殴られたり、蹴られたり、すごく怖い目に遭ったらしいから」

南郷が呂律の回らない口調で、だらだらと喋る。

「そうだったんですか」

「それでね、私は、あんた、ほんとに悪いと思うなら、死んで謝りなって言ったの。そしたら、わかりましたって言うから、嘘吐くんじゃないよ、ほんとにわかってるのなら、ちゃんと死ぬんだよって言ったの。そしたらさ」

南郷は喋るのにくたびれたかのように、言葉を切った。

死ねと命じるなんて、それでも占い師か、と水矢子は呆れた。

「そんな酷いこと言ったんですか」

水矢子は、南郷に聞こえないように低い声で呟いた。

南郷は気付かない様子で、何かを必死に探している。やがて、重ねられた新聞の間に挟まっていたハイライトの箱を見つけると、ほっとしたように一本抜き取ってくわえた。

「だから、川村さん、本当に死んじゃったんですね」

水矢子が言うと、南郷が頷いた。

「そういうことよ」

南郷が空のグラスをまた飲み干す真似をした。

「じゃ、南郷先生が死なせたようなものじゃないですか。川村さん、可哀相です」

まったく堪えていないような南郷の様子が癪《しゃく》に障った水矢子は、思わず責めた。

「可哀相？」

「ええ、そう思います」

「それが私のせいなの？」南郷がきっと顔を上げた。「何言ってるの。あんたのせいでもあるんじゃないの」

南郷が急に激昂した。

「どうしてですか」

「だって、川村ちゃんはあんたのことが好きだったのよ。だけど、あんたは全然心を許さないから、駄目だって諦めてた。ねえ、あんたのこと、川村ちゃんは何て言ってたと思う？　聞きたい？」

「何ですか?」

「私が、あの子は『風の人』だから、執着がないの、駄目よって言ったら、首を傾げてた。『風の人ですか? 僕には石の人に思えますって。それも、すごく硬い石だからダイヤモンドですねって。でも、全然輝いていないから、彼女は、一生輝かないダイヤモンドかもしれない』って言ったの。けだし名言じゃない?」

南郷は笑いながら言った。

一生輝かないダイヤモンド。水矢子は、その言葉に衝撃を受けて何も言えなかった。

しかし、南郷はなおも言い募った。

「いい喩えだよね。考えてみると、川村ちゃんには、人を表現する才能があったね。あんな田舎の専門卒の子なのにさ。優しくて控えめだから、何か信用しちゃうんだよね。この人の言うことなら、大丈夫じゃないかって。だから、大損させられた。それにしても、何も自殺することないじゃんか、ねえ」

水矢子は意気阻喪して、南郷の横で突っ立っていた。

「ねえ、何でそこにずっと立ってんのよ」

南郷が水矢子の腕を摑んだ。

「そこに座って、献杯しようよ。あんたもグラス持っておいで」

水矢子は言われるがままに台所に行き、戸棚からグラスをひとつ取った。グラスはどれも汚れていたので、比較的ましなのを洗い直して持ってきた。

「さあ、飲みなさいよ」

焼酎は、水矢子の母親も飲んでいた庶民的な銘柄の大瓶だった。急に始末な生活をしているところを見ると、南郷には金がないのだろう。

南郷はグラスに溢れるほど注いで寄越し、続いて自分のグラスにもたっぷり注いだ。グラスを伝って溢れた焼酎は舌で舐め取ったので、水矢子は目を背けた。

「献杯」

水矢子は、南郷が差し出した指紋だらけのグラスに、自分のグラスをぶつけた。衝撃でこぼれた焼酎が指を濡らす。口に含むと苦い味がした。しかし、南郷は一気に呷っている。

「嫌だね、こんな目に遭わされて。損して泣かされてさ。死ぬことなんかないじゃない。生きていればいいのに」

「でも、先生が死ねって言ったんですよね？」

水矢子が念を押すと、南郷が横を向いた。

「あんたは、まったく情ってものがないね。さすが、風の人だよ」

「情、ですか？」

驚いて問うと、南郷は何も答えずに啜り泣いていた。南郷は川村を好きだったのだ、きっと。

水矢子は、正視に耐えられなくて目を伏せた。望月も南郷も、どうしてみんな面倒くさい反応しかしないのだろう。溜息混じりに、南郷に尋ねる。

「じゃあ、川村さんは、何の人だったんですか？」

「川村ちゃんはね、水の人だった。同じ舟に乗るから、人間関係の良好な人よ」

南郷は適当なことを言って客を騙している、と常日頃思っていたが、今度ばかりは頷く自分がいた。川村となら、同じ舟に乗りたい女もいることだろう。そう、南郷のように。でも、自分は川村に定義されたように、一生輝かないダイヤモンドなのだ。

もし、川村と恋愛していたら、心を乱されてとっくに壊れていたことだろう。だから、この硬度で自分を守るのだ。守れるのなら、輝きなんか一生なくてもいい。

水矢子は、焼酎のグラスをテーブルの上に音を立てて置いた。半分以上残っているが、自分の部屋に帰って、好きな酒を一人で飲みたかった。そのためには、一生、一人でいい。ふと、テレビを見ながら焼酎を飲む、母親の姿が浮かんだ。母親と同じ、と苦笑いする。南郷はまたテーブルに突っ伏していた。その腕の隙間から、押し殺した泣き声が聞こえる。

3

水矢子が怒って電話を切った直後に、また電話が鳴った。望月は、水矢子がかけてきたとは思わなかったので、当然出なかった。

すると留守電に、水矢子の謝罪が吹き込まれた。

「水矢子です。望月さん、さっきは突然切ったりして、すみませんでした」

望月は水矢子の声を聞きながら、瞑目《めいもく》していた。先ほどのように、留守電の途中で電話に出る親切心は失せていた。水矢子が川村と付き合っていなかったのなら、受けるダメージは少ないはずだ。だから、どうでもいいのだった。

望月はウィスキーの瓶を引き寄せた。グラスの中の氷は、ほとんど溶けている。冷凍庫には、もう氷がない。新たに作ろうという気も起きなかったし、冷蔵庫の中は空っぽで、見ると気が滅入るから扉を開けようとも思わなかった。

ウィスキーを音がするほど勢いよくグラスに注いで、乱暴に指で混ぜた。ほとんど生のウィスキーを喉に流し込むと、灼けるようだった。いっそ灼けてしまえとばかりに、昨夜こっそり自宅に戻ってからは、ずっと飲んでいる。が、どうしてか酩酊はせずに、気持ちは冴え冴えとしていた。

佳那には、数週間したらシンガポールに行くと伝えているが、まだ見通しは立っていない。本当は、誰の手も届かなそうなスイスにでも逃げたかったが、シンガポールの方が早く発《た》てそうだ。しかし、その手続きは滞っていた。萬三証券を辞めて、プライベートバンクへの就職を希望しているのだが、相手から色よい返事が来ない。

肝腎の顧客たちに疎まれ、逃げられているからだった。世界のどの金融街で働くにしても、手土産として金持ちの顧客を連れて行かなければ、歓迎されはしない。

望月はこれからどうしたらいいのか、わからなかった。煙草に火を点けて、煙を吐きながら立ち上がった。カーテンの向こうの空を見る。蒸し暑そうな、ねっとりとした濃い青空だった。意に反する天気だな、と望月は思う。

時間が経てば経つほど、川村の死がずしりと応えている。まさか、あの川村が死を選ぶとは思わなかったのだ。

ヤクザに拉致されたと聞いた時は、無惨に殺されるのではないかと怯えたが、翌日、川村は平然とした声で連絡してきた。

「おい、どうした。大丈夫だったのか?」

望月の声は少し震えていた、と思う。自分がそんな目に遭ったらと思うと、他人事ではなかった。

「何とか、生きてるよ」

川村は笑っているかのように、余裕を感じさせる声で答えた。

「殴られたりしなかったのか?」

「そりゃ、ちょっとは殴られたり、蹴られたりはしたよ。でも、脅しだとわかっていたから平気だった。まさか、殺されはしないだろうと思ってさ」

まるで、番長に呼び出されたことを思い出す中学生のような口調で、淡々と言う。

「怪我はしてないのか?」

「それはない。大丈夫だよ」

「嘘吐け」

川村は我慢強いところがあるから、望月は信用しなかった。

「いや、ほんとだよ」

「あいつら、何だって？」

「金返せ、の一点張りだよ。でも、俺を殺したら、うまく回収できないと思ったんだろう。だから、脅しただけで解放してくれた。恫喝《どうかつ》ってヤツだな」

そう言って、川村は笑ったのだった。むしろ、余裕を感じさせるような口調だった。

亀田優成は、「優成ボイス」の顧客から集めた金を返せなくなり、アングラマネーに手を出していた。秘書的な立場の川村は、その窓口となった。いわば、貧乏クジを引かされたようなものだ。

いずれ警察のガサ入れがある、と噂の立った優成の周囲は、蜘蛛の子を散らすように逃げ始めた。こうなれば、田舎の若造がいい気になって、料亭だ銀座だと遊んでいる、と日頃から面白く思っていない証券会社は、軒並み、優成との関わりを積極的に断とうとし始めた。

噂とは怖いもので、優成株の株価はあっという間に暴落した。一時は二万人近くもいて、一日で二億円は軽く集まったというほどの顧客数は、たちまち五千人に減った。すると、退会会員からの返金や株券の返却要求にこたえられなくなる。

優成が凋落《ちょうらく》するのは、すぐだった。それで危ない筋から、危ない大金を借りてしまった、というわけだ。

「返せるのか？」

川村にそう聞きながら、まさか返せっこないだろう、と自答する自分がいる。やはり、川村は明言を避けて、曖昧に答えた。

「さあ、何とかなると思うよ」

川村が、それが癖の鼻にずり落ちた眼鏡を指で押し上げる所作をしているのが、目に見えるようだった。

「何とかなるわけないだろう」

「いや、それでも何とかするって、優成さんは豪語してるよ」

「豪語か。優成さんは、自分の金から出さないのか？」

優成の資産は、五十億をくだらないと言われていた。世田谷に豪邸があり、軽井沢、箱根、沖縄、ハワイに別荘がある。

「どうだろうね。不動産は全部担保にしてるし、現金もそんなには残っていないよ。残った金を、何とか家族で遣えるようにと、隠したり何だり、奔走している最中だろう」

「じゃ、何とかなんか、できないじゃないか」

望月の指摘に、川村はあっけらかんと「そうだな」と笑った。そして、逆に望月に尋ねた。

「ところで、そっちこそ大丈夫なのか？」

望月が絶句する番だった。望月は、「北九州グループ」と自分で呼んでいる顧客に悩まされていた。自身が東京に進出する足がかりともなった、福岡の須藤医師と、長崎の自称・不動産業者の山鼻である。

二人とも、望月の勧めに従って「優成ボイス」に入会して億単位の出資をしつつ、優成株も購入していた。今回の騒ぎで、二人の損はそれぞれ数億をくだらない。

紹介しただけの望月が補償する義務はない、というのはもちろん建前で、顧客の側からすると、責める相手は「絶対に儲かります。今投資しなきゃ損します」と、調子のいいことを言って煽《あお》り、勧めた自分なのだ。それを理不尽だと言ったところで、怒っている客は損した金を返せ、と憤りを収めようとしない。

須藤は、福岡でも有名な大病院の跡取りだから、さすがに手荒な真似はしない。だが、その分、やることは粘着質で、底意地が悪かった。

「なあ、望月さん。それより、山鼻さんが心配じゃないか？　あの人は気が荒いって評判が悪いよ。こっちの極道も、九州のヤツらは怖いですよ、とか言ってる」

「山鼻さんには、なるべく金を補償しようと思ってる」

「それは、やめた方がいいよ」

川村が止めた。

「何で？　でないと収まらないだろう？」

「あの人たちは、恨みを募らせて落とし前を付けようとしているんだよ。金は返ってきて当たり前だと思っている。それ以上に、気持ちがひねくれてるんだ。ひねくれ始めると、どうしようもない」

「じゃ、どうしたらいいんだ」

するど、川村は低い声で言った。

「悪いことは言わないから、逃げろ。海外に逃げて、十年以上帰ってくるな。十年経てば、山鼻さんも老けて死んでいるか、おまえのこと忘れているよ」

十年経てば、子供もいるだろうか、とふと思い、佳那が子供を欲しがっていたことを思い出した。

佳那は可愛い大事な妻だ。だから、証券という荒っぽい仕事などはせずに、家で美しく装い、楽しく暮らしてほしかった。汚いことをして稼ぐのは自分だけでいい、と思っていたのに、仕事のできる佳那は、係累のない東京で不満を募らせていた。

佳那が子供を欲しがっていたのに、自分はそれどころではなく、まともに相手もしなかった。子供がいたら、自分たちはもっと繋がっていただろうか。それとも、自分が優成に出会わずに、地道にやっていたら。

「十年か」望月は苦笑して呟く。「佳那も子供を産めるな」

「うん、佳那さんを守ってあげなよ」

「そうだな。ところで、どこかで会おうよ。飲まないか?」

「だったら、明後日がいい。時間と場所はそっちが決めて、留守電に入れておいてくれよ。必ず行くから」

「わかった。じゃ、また」

「うん、元気で」

それが最後の会話だった。

明後日会うのに、「元気で」とはおかしくないか、とその時思ったが、川村はいつも相手を気遣うような言い方をするので、さして気にはならなかったし、「必ず行くから」という言葉を信じていた。川村が死んだのは、その日の夜だった。

しかし、望月には一抹の不安があった。川村は、線路付近で誰かに背中を押されたのではないか、という疑念だった。川村が死んだのは、沼袋駅近くの踏切だったそうだが、深夜のことで目撃者はいなかった。川村を轢《ひ》いたのは、最終からふたつ前の新所沢行きの電車だった。遺体を確認したのは、鳥取から出てきた母親だったそうだが、無惨な轢死体《れきしたい》を前にして泣き崩れたという。

望月は溜息をひとつ吐いて、またウィスキーを飲んだ。ぐらりと身体が前に沈んだので、急激に酔ったことに気付いた。思えば、川村も自分も泥酔ばかりしている。そして、佳那もいつしか酒に親しんでいる。まだ若いのに、自分たちはみんな、強い酒を必要とするようになっていた。

望月はソファに横になって目を閉じた。どのくらい寝たのか、電話の鳴る音で目が覚めた。すでに部屋は薄暗くなっていたから、夕方だろう。望月は横になったまま、電話のコール音を数えた。七つ鳴ると、留守電に切り替わる。

「もしもし、こちらは株式会社アバントの三浦と申します。ポルシェ911の件で、ご連絡差し上げました。かねてから、お声のかかっていましたお客様から、お買い求めになりたいというご連絡がありました」

望月は慌てて起き上がった。アバントというのは、中古車の取り扱い業者だ。望月は、赤いポルシェを売りに出していた。優成よろしく、自分も海外に逃げるに当たって、すべてを現金化しておく必要があると思ってのことだ。

「もしもし、望月です」

いかにも寝起きの、痰《たん》の絡んだ声で出た。もともと勤勉な望月は、平日の夕方に酔って寝ていることが急に恥ずかしくなった。

「望月様でいらっしゃいますか？　お車、ご希望価格で売れました。状態がいいので、お買いになりたいというお客様も殊の外、喜ばれておられました」

「そうですか」

「売買契約書に署名捺印をお願いしたいので、お店にいらして頂けますか？」

望月は少し考えた後に、こう答えた。

「では、郵送してください。こちらで署名捺印して返送します」

「了解しました。では、よろしくお願いいたします」

望月はほっとして受話器を置いた。希望価格は二千五百万。数カ所の銀行に預けた金と合わせると、一億に届く。この金を持って海外に逃げ、新たな顧客を開拓して、生きてゆくのだ。そのためには、まず海外に口座を開いて資金移動しなければならない。おっと、その前に、佳那と仲直りか。

急に元気になったら、空腹を感じた。インスタントラーメンくらいは残っていたのではないかと、キッチンの棚を開けて探した。果たして、インスタントラーメンの袋がふたつ見付かったので、望月はラーメンを作り始めた。ふた袋分作って、鍋を抱えて夢中で食べた。

人は希望を失うと、何もする気がしなくなるものだ。自分はポルシェが売れた程度で、食欲が湧いたではないか。ささやかな希望。

そう思った途端、川村は希望を失ったのだと気付いて、急に涙が溢れ出た。川村の背中を押して、近付いてくる電車に飛び込ませたものは、絶望だったのだ。

自分も絶望する時が来るのだろうか。その時はどうするのだろう。煙草に火を点けて考え込んでいると、インターホンが鳴った。もちろん出ないで、息を潜めている。

「望月さん、アバントの三浦です。近くを通りかかったので、書類をお持ちしました。お留守なら、郵便受けに入れておきます」

ドアの外で、三浦の声がした。何を怯えていたのだろうと苦笑しつつ、望月はドアを開けた。

「いらっしゃったんですね。では、これをどうぞ」

満面の笑みを浮かべた三浦が立っていた。顎髭《あごひげ》を蓄え、ワイシャツの襟を目立たせた洒落たカットのスーツを着ている。

「わざわざすみません」

差し出された書類封筒を受け取ると、三浦が言う。

「郵送して頂くよりも、今ここでサインと捺印を頂ければ、手間が省けますよ」

「じゃ、ちょっとお待ちください」

「はい、外でお待ちします」

酒のにおいが充満した部屋に入れるのも躊躇われて、望月はいったんドアを閉めた。書類を袋から出して眺める。署名と捺印をする場所には、付箋で印が付いていた。すぐに終えて、ドアを開けると、扉の外で待っているはずの三浦の姿がない。

「三浦さん、できましたよ」

呼びかけたが、一向に現れない。何か用事でもできて、エレベーターで下に下りたのか、とエレベーターの方を見遣ったがいないので、部屋に戻ろうとした時、声をかけられた。

「望月さん、久しぶりだね」山鼻だった。

山鼻は、太い金鎖を見せつけるように、白いシャツの前をはだけて襟を立てている。だが、襟元から白くなった胸毛が密生しているのが見えて、望月は思わず顔を背けた。

髪を茶色に染めて日焼けサロンで肌を灼いても、胸毛が山鼻の年齢を物語っている。自分は、遥か年上の怖ろしい男を相手にしてきたという事実。なのに、それにも気付かず、いい気になっていた。今頃になって、何もかもわかったような気がするが、もう遅いのだろう。望月は寒気がした。

山鼻の後ろには、ゴルフウェアのような白いパンツに白いローファーが目立つ、坊主頭の男が一人立っていた。山鼻のように細身だが、目付きが悪い。

「あれ、三浦さんはどこに行ったんだろう？　おかしいな」

望月は、それでも何気なさを装って呟いた。

「三浦は帰ったよ。代わりに、俺が対応するからさ」

山鼻が可笑しそうに望月の顔を見ながら言う。

「あれ、山鼻さん、中古車も商っているんですか?」

望月は必死にとぼけた。まさか、山鼻と三浦がグルだとは思ってもみなかった。そんなところも、馬鹿なヤツだと笑われていたのだろうか。

それにしても、ポルシェ911は色を指定して、ドイツに発注してから手元に届くまで、半年もかかった愛車だ。その車はすでに、山鼻に取り上げられてしまったも同然だと思うと、悲しくて意気阻喪した。

「俺は何でも商ってるんだよ」

山鼻はそう言って笑うと、中に入れてくれ、という風に部屋のドアを指差した。

「散らかってますよ」

一応抗うふりはしたものの、無駄な抵抗だとわかっていた。

「構わないさ」

望月はドアを開ける自分の手が細かく震えていることに気付いたが、どうすることもできなかった。

山鼻と坊主頭は、ずかずかと部屋に入ってきた。山鼻が部屋の中を見回して言う。

「最上階ってか。いい部屋じゃないか。家賃いくらだ?」

「百万です」

「百万か。銀座とはいえ、高いなあ。望月さん、足元見られたんじゃないの。田舎者だってバレてさ」

山鼻は嘲笑いながら、坊主頭の方を見遣った。無表情だった坊主頭が、にやりと笑う。

「へえ、案外広いじゃないの」

山鼻は勝手に歩き回って、あちこちを見回したり、ドアを開けて部屋を覗いたりしている。

キッチンシンクに置きっ放しにした、ラーメンを作った鍋を見て馬鹿にしたように言った。

「望月さん、こんなもん、食ってんのか。ああ、こんな貧乏臭いヤツにアラカワのステーキなんか奢って、損したなあ。一人五万だものなあ」

山鼻は寝室のドアを開けて、興味深げに中を覗いた。

クローゼットが開け放してあり、ベッドの上には、佳那の服やスカーフなどが散らばっていた。まるでクローゼットの中身をすべてぶちまけたかのような惨状に、山鼻が顔を顰めた。

「望月さん、可愛い佳那ちゃんは、どげんしたと？」

わざわざ博多弁を使って揶揄《やゆ》する。

「出かけてるみたいですね」

「みたいですねって、どこに行ったの？　こんな散らかして、まるで旅行か夜逃げじゃない」

「多分、旅行に行きました。旅行です」

「どこに誰と行ったの？」

山鼻が中に入って、スカーフを一枚掬《すく》い上げた。

「聞いてないです」

矢継ぎ早に聞かれて、望月は答えあぐねた。

山鼻が、開けっ放しのクローゼットの上にある、エルメスのバッグを目敏《めざと》く見つけて手に取った。自身が佳那にプレゼントした、ブルーのケリーである。

山鼻がそのバッグを望月の目の前に突きつけた。

「佳那ちゃん、誰と行ったんだ？　いくら何でも、美蘭とじゃないよな」

その断定的な言い方に、望月は佳那を逃がしたことがバレたのかと焦った。

「さあ、誰と行ったか聞いてないからわかりません。美蘭さんとかもしれないし、別の友達かもしれない」

「あのなあ、美蘭は田舎に帰ったから、東京にはいないよ」

「田舎？」

美蘭の田舎とはどこだろう、と望月は一瞬考えた。そして、遊び友達の美蘭が東京にいないのでは、佳那は一人で寂しかっただろうと、初めて佳那の状況を思うのだった。早く迎えに行ってやりたいが、自分も安全な居場所が見付からないから、当面はホテル暮らしで我慢してもらうほかはない。しかし、京王プラザで会った時の、佳那の激怒ぶりを思い出すと、迎えに行ったところで、素直に一緒に来てくれるかどうかは自信がなかった。

「ああ、田舎、田舎。こいつが無事に送り届けたんだ」

山鼻が坊主頭を指差す。すると、坊主頭が急に目を背けて浮かない顔をしたので、望月は嫌な予感がした。

「どうしてまた急に、田舎に帰ったんですか？」

疑問を口にすると、山鼻が呆れたような顔をした。

「望月さん、知らないのか？」

「何がですか？」

「美蘭と佳那ちゃん、二人してホスト遊びしてたんだよ。ひと晩で何十万も遣って、遊びまくってたの。それを知らないなんて、いい亭主だね。そりゃ、図に乗るわ」

山鼻は自分で喋っているうちに、激昂してきたのか、手にしていたケリーをベッドに放り投げた。

「美蘭なんてね。俺にわざわざ言いにきたの。調子こいてるハルキっていうホストがいるから、ヤキを入れてくれってね。何で俺が、会ったこともないホストにヤキ入れなきゃならんの。逆でしょう。俺の金で、ホストなんかに貢いでるんだからさ。本末転倒って、このことでしょう。俺に恥かかせて、何でヤキまで入れるの。俺が嫉妬してるって絵を描きたいのかっての。おまえの方がヤキ入れられろってことだよ。自分の立場をわきまえろってこと」

山鼻の怒りを目の当たりにして、望月は震えてきた。美蘭はおそらく、山鼻の逆鱗に触れて始末されたのだろう。

望月は思わず土下座していた。カーペットに頭を擦りつけて謝罪する。

「山鼻さん、今度のこと、すみません。私が見誤りました。まさか、優成がこんなに早く凋落するとは思ってもいませんでした。申し訳ありません」

山鼻は、顔を上げろとも何とも言わずに黙って、ぺこぺこと頭を下げ続ける望月を見ている。

「本当にすみません。ポルシェの代金は当然ですが、私の預金もすべてお渡しします。到底足りないとは思いますが、それで勘弁してください。明日の朝、銀行が開いたら、すぐに現金化しますので、どうぞ許してください」

山鼻が頷いた。

「それは当たり前だろう。そうしてもらうよ」

許されたかと思い、望月はほっとして顔を上げた。すると、山鼻が腕組みして言う。

「おまえさ、それでも到底足りない分はどうするんだ」

「えっ」と驚く。

「おまえは優成株を買う時に、株券が出ないのを幸いに、てめえの分も俺の金で買ってただろう」

さすがに望月は否定した。

「いや、そんなことは絶対にありません。絶対にしてません」

突然、後頭部に衝撃を受けて、望月は前につんのめった。額を床に激しく打ち付けてから、背後から蹴りを入れられたことに気付いた。後ろにいた坊主頭に蹴られたと気付き、呆然とする。

「やめてください。明日、銀行に行きますから」

「通帳と現金、全部出せ」

望月はクローゼットの隅にある小さな金庫を開けた。中には通帳が数冊入っている。それをすべて山鼻に差し出した。

山鼻はその残高を見ながら、疑り深そうに訊いた。

「これで全部か」

「はい、全部です」

本当は会社の引き出しにも、通帳が一冊ある。誰も知らない秘密の金だ。銀行印も別にしてある。それは何とか難を逃れそうだとほっとする。すると、その表情を観察していたらしい山鼻が、いきなり望月の顔を拳で殴った。声が出る間もなく、鼻血が噴き出た。グレイのカーペットが血で汚れてゆくのを見て、望月は「全部です、全部です」と繰り返していた。

「本当だろうな。嘘だったら、殺すぞ」

そう脅されて、望月は首を横に振り続けた。気付くと、号泣していた。

「泣くなよ。みっともねえ」

山鼻が苦笑して、「なあ」と同意を求めるように坊主頭を見遣った。が、坊主頭は無表情に戻っている。

山鼻は、望月の通帳を懐に入れると、坊主頭に命じた。

「俺は帰って寝るから、おまえ見張っとけよ。絶対に逃がすなよ」そして、望月に念を押す。

「望月、明日の朝来るから、銀行印用意して待ってろ。一緒に銀行回ろうじゃないか」

「わかりました」

溢れる鼻血と涙にむせびながら、望月は何度も頷いた。

「そこで朝まで待て」

「はい」

寝室に閉じ込められた望月は、鼻をタオルで押さえてまんじりともしなかった。酒の酔いなどとうに醒め、金を全部むしり取られた後は殺されるのだろうと思うと、不安で仕方がない。リビングからは、坊主頭が望月の酒を飲みながら、テレビを見ているような音がする。逃げたら殺されると思うと、怖くて動けなかった。

それにしても、近いうちに資金移動があるからと、銀行のセーフティボックスから通帳を自宅に持ってきたのが、そもそもの間違いだし、その通帳を取りに、昨夜自宅に舞い戻ったのが、大きな間違いだった。誰も見ていないはずだと思っていたが、どこかで見張られていたのだろう。

迂闊《うかつ》だった。何とか逃げられないだろうかと、望月は寝室のドアをそっと開けた。テレビを見ていた坊主頭が振り返った。

「すみません、トイレに」

顎で促され、望月はトイレに行った。トイレの手洗いで、両手で水を受けて飲む。忍び足で出て、玄関まで走ろうと思ったが、ドアの前で坊主頭が待っていた。

「戻れ」

抑揚のない声で言う。

「美蘭さん、どうしたんですか」

思い切って訊ねた。坊主頭はうんざりした顔で何も言わない。

「まさか、あんたが殺したんじゃないよね」

「だったら?」

望月の全身に鳥肌が立った。

「本当なんですか。どうしてそんなことを」

美蘭がホストに夢中だったとしても、殺されるほどのことではない。美蘭も自分たち夫婦も、山鼻の前にあっては、無知で馬鹿な子供だったのだろうか。

「早く入れ」

坊主頭にどやされて、望月は寝室に戻った。佳那が、山鼻からもらった鮮やかなブルーのケリーが目に入った。佳那は家に帰れると思って、気に入りのバッグを置いていったのだろう。佳那も自分も美蘭のように、あの坊主頭に殺されるのだろうかと思うと、居ても立ってもいられない。

美蘭と佳那がホスト遊びをしていた、と山鼻は怒っていたが、あの無機質なホテルルームに一人で長く滞在させたことを思うと、ホスト遊びのことなどどうでもよく、望月は佳那が哀れでならなかった。

自分と結婚したのが誤りだった、と思うのは辛かった。それにしても、佳那はどこのホテルに移ったのだろう。自分が話せるうちに、連絡が取れるといいのだが。そう思って時計を見たが、まだ夜は明けない。午前三時半。

望月は寝室の窓を開けて外を見た。タクシーが時折、昭和通りを行き交っている。数週間前まで、タクシーで兜町や銀座を走り回っていたのが、今は遠い昔の出来事のように感じられた。

翌朝八時、リビングが騒がしくなったので、望月はクローゼットから下着やシャツを出して着替えた。スーツのズボンを穿き、ネクタイを締める。

「おい、山鼻さんだ。挨拶しろ」

ドアの向こうから坊主頭の声がする。ゆっくり部屋を出ると、山鼻が待っていた。

「よく寝れたか？」

「いえ」

「そうだろうな。顔洗ってこいよ。そのくらい、待っててやる」

洗面所で顔にこびりついた鼻血を洗い落として髭をあたった。普段なら、会社に着いている時間だ。もう二度と、前場が始まるのを待つことができないのかと思うと、涙が出そうだ。

「水飲みます」

「いちいち断るな。小学生か、おまえは」

山鼻が笑いながら言うが、目は笑っていない。坊主頭は徹夜の見張りで疲れたのか、不機嫌に押し黙っている。

望月はグラスに水道水を受けて飲んだ。水は生温かったが、これが最後の我が家の水か、と思うと旨く感じられた。

「どこの銀行から行きますか？」

「そりゃ、第一銀行からだよ」

そこは一番残高が多い。四千万以上ある。

「すみませんが、数十万残してください。カード決済が残っているので、落ちないと困ります」

「浪費したくせに何を言う」

もちろん、山鼻がそんなことに忖度《そんたく》してくれるとは、思っていない。が、ファミリーカードが使えなくなると佳那は困るだろうと気が気ではなかった。

「その次はサイ銀で、横銀に回るからな。銀行印はみんな同じか？」

「同じです」

「よし、行くぞ」

望月は洗面所で鏡を見ながら、ネクタイを締めた。これが見納めかもしれないと思い、部屋を出る時に見回した。願わくは、佳那にもう一度会いたいと思った。

紺のスーツにメタルフレームの眼鏡を掛けた銀行員風の中年男が、外廊下に立っていた。

「おはようございます」

望月の通帳類を手にしている。アタッシェケースを携えているところを見ると、山鼻の税理士か、経理を担当する男らしい。

男はちらりと望月の方を見てから、目を伏せた。山鼻に殴られた鼻が腫れ始めていた。

「あれ、まずくないですか」

男が望月の鼻を指して、咎《とが》めるように山鼻を見た。

「脅してるみたいに見えますよ。警戒されたら厄介です」

山鼻が大きく舌打ちして、坊主頭に命じた。

「近くの薬局でマスク買ってこい」

「まだ開いてないすよ」

山鼻が望月の方を振り返った。

「近所に開いてる薬局あるか？」

望月は何も答えなかったが、税理士が敏く言う。

「聖路加病院の売店なら開いてると思いますよ」

望月は落胆した。明らかに暴力を受けた、この姿で銀行に行って、警察に通報してほしかった。が、山鼻は疑惑を避けるために、この真面目そうな男を呼んだのだ。

「聖路加なら遠いだろ。タクシーで行け」

山鼻はポケットから無造作に五千円札を摑んで、坊主頭に向かって投げた。キャッチに失敗して、床に札を落とした坊主頭が、面倒臭そうに身を屈《かが》めて拾う。

山鼻はまた舌打ちした。

「おい、早く買いに行けよ」

マスクが届くまで、銀行に行くことができない。望月たちは、また部屋に戻って、坊主頭が戻ってくるのを待つ羽目になった。

税理士は勝手にソファに座り、通帳を見比べて検分している。

「しょうがねえなあ。おい、望月さん、何で腫らすんだよ。冷やしとけよ」

山鼻は自分が殴ったくせに、そんなことを言う。

望月は部屋の真ん中に突っ立ったまま、ズボンのポケットに入ったポケベルを握り締めて、心の中で念じていた。

今日は鳴らすなよ、佳那。

鳴らしたら、おまえの居場所がばれるから、絶対に鳴らすなよ。

いっそ壊して棄ててしまおうとも思ったが、万一助かった時に、佳那と連絡を取る手段がなくなってしまう。握り締める他に、どうしたらいいかわからなかった。

佳那がちょうど京王プラザを引き払って、別のホテルに移るという時で連絡待ちの状態だったから、タイミングは最悪だった。ついていない時は、どこまでもついていない。

しかし、このまま殺されてしまうのなら、せめてもう一度佳那に会いたいと思う。

すると、望月の気持ちを読んだかのように、山鼻が言った。

「佳那はどうした。本当に旅行か」

これまで「佳那ちゃん」と呼んでいたのに、急に呼び捨てにされて、望月は震え上がった。

佳那が急に、山鼻にとってはどうでもいい女で、殺された美蘭と同列になったという実感がした。

「山鼻さん、お願いですから、佳那には手を出さないでください。私ができることは何でもします」

望月は懇願したが、山鼻は気にも留めない。

「いや、そういうことじゃなくてさ。奥さん名義の通帳もあるんだろう？　それを出せばいいだけの話だよ」

「ありません。全部、私名義です。佳那にはファミリーカードしか渡してませんから、何も知らないし、何も持ってません。そこにある通帳で、すべてです」

望月は必死に言い張った。

「佳那名義にした不動産とかないのか？」

根こそぎ取るつもりらしい。望月は何度も首を横に振った。

「まったくありません。不動産は前に持っていた浦安のマンションだけです。それも、売りました」

「その売却益はいくらだ。不動産は急に値上がりしてただろう」

山鼻に訊かれて、しどろもどろになった。

「いや、もうバブルも終わり頃ですから、たいしてはなかったです」

二人の会話を聞いていた税理士が、通帳を見ながら口を挟んだ。

「ここにあった通帳の預金は全部で七千二百、会社にあった通帳が五千三百。現金は、合わせて一億二千五百万てところですかね」

会社にあった通帳？　望月は耳を疑って、税理士の顔を見た。

税理士は望月の視線を受け止めて、その通帳をゆっくり振って見せた。間違いなく、別の印鑑と一緒に、会社の鍵のかかる机の引き出しの奥深くに隠しておいた通帳だった。

もう駄目だ、と望月は観念した。すべて奪い取られてしまった。

「少ねえなあ」山鼻が首を傾げた。「車と合わせて一億五千てとこか。おかしいな。もっとあるはずだぞ、おい」

「それですべてです」

望月は肩を落として答えた。

「ドル建てで、預金とかしてねえか?」

「してません」

「嘘吐け。おまえが海外逃亡企てていたのは、知ってるんだよ。とっくに萬三に退職届出したそうじゃねえか」

山鼻が怒鳴ったので、望月は身を竦めた。

「そんなことしてませんよ」

望月は嘘を吐きながら、自分の状況がすべてばれていることに衝撃を受けていた。通帳の在処《ありか》も、二週間前に退職届を出したことも、山鼻には筒抜けだったのだ。どう考えても、山鼻の息のかかった者が社内にいるとしか思えない。

つまりは、四方八方敵だらけの中にいたのに、自分はそれにも気付かずに、優成らといい気になって、いっぱしの株屋の真似をしていたのだ。狡《ずる》賢い大人たちに、さんざん利用されただけだったのかと思うと、悔しさを通り越して情けなかった。

山鼻が税理士の開いた通帳を上から覗き込みながら、望月に言う。

「俺がおまえに貸した千二百万で、おまえは三千万以上儲けたはずだ。それを元手に五億は儲けたって噂だ。それを全部返せ」

「貸した千二百万？」

望月は青くなった。ＮＴＴ株を買う時に、十株分の千二百万を山鼻に融通してもらったことがある。固辞したのに、返さなくていいからと山鼻は聞かなかった。なのに、今になって貸した金だと言い張るのか。

返せと言われる可能性があるのでは、と不安に思っていたのに、山鼻に接待されたり、分不相応の饗応を受けるなかで、いつしか疑念は忘れ去っていた。迂闊だった。

「あれは、山鼻さんが返さなくていい、と言った金では？」

「俺はやるなんて、ひと言も言ってねえよ。そんな甘い話がどこにある？」

「借用証なら、ありますよ」

税理士が一枚の紙を見せた。書いた覚えなどないのに、いつの間にか千二百万もの金を借りたことになっている。ご丁寧に、印紙が貼られ、望月の実印に模した判まで押してあった。最初から騙すつもりだったのだろう。あるいは、損をした時の担保か。

「おまえのことだから、これを元手に二十倍以上にしたんだろう。五億とは言わないよ。せめて三億返せ。返したら、命も助けてやる」

もちろん、ＮＴＴ株で儲けた三千万を元手に株に手を出した。儲けたこともあったが、優成の凋落で望月も大損をしていた。五億もの金はどこを叩いてもない。

「そんなにありませんよ」

「そんなにないだと?」山鼻が目を剝いた。「おまえら、優成株を買わせて俺に大損をさせておいて、逃げまくりやがって。どこまで馬鹿にする気だ」

「馬鹿にしてません」

望月はすでに泣き声だ。

「じゃ、佳那にも訊いてみなくちゃな。今、どこにいる?」

「どこに行ったか、わかりません」

望月は力なく答えた。

「おまえ、何持ってんだ?」

握り締めていたポケベルを、山鼻にむしり取られた。

「それは」

取り返そうとすると、振り払われる。

「これで佳那と連絡取ってんだな。これを持ってりゃ、どうせ連絡くるんだろう」

数日前に会った時、別れ際に新宿ヒルトンに泊まるように言ったが、果たして素直にヒルトンに部屋を取ったかはわからない。しかし、このまま連絡が取れない方が、佳那の安全のためにはいい。今生で佳那と会うことは叶わないが。そう思ったら、涙が溢れ出た。

「泣いてるのか、望月」

山鼻に目敏く見られて、望月は顔を伏せた。

「いや、そういうわけでは」

「純情だな。佳那と美蘭は歌舞伎町のホストクラブで遊んでたんだぞ。そんな浮気な女房でもいいのかよ」と、せせら笑う。「佳那の行方なんて、どうせすぐにわかるさ。ホストクラブで待ってりゃ会えるよ」

その時、インターホンが鳴り、坊主頭が戻ってきた。

「遅かったな」と、山鼻が不服そうに言う。

「すみません、昨日から何も食ってないんで、立ち食い蕎麦、食ってきました」

坊主頭は憮然としたまま答えて、望月にマスクの包みを投げて寄越した。


マスクを着けさせられた望月は、山鼻と税理士と一緒に銀行を回った。「急に入り用になった」と言えば、金額もそう多くないし、銀行もさして理由を訊かない。四行回って回収した現金は、税理士のアタッシェケースと、坊主頭の持つボストンバッグに詰め込まれた。

坊主頭の運転するベンツの中で、望月は腫れた鼻を両手で押さえながら、これで見納めかと銀座の街を眺めた。東京に出てきてから二年しか経っていないのに、まるで二十年もいたように思えた。そのくらい、濃い二年間だった。なのに、佳那を大事にするあまり、放ったらかしに近かったことが悔やまれた。その罪滅ぼしもできないうちに、自分たちは破滅する。

自分のような先を見通せない男と結婚した佳那が不憫で、申し訳なかった。佳那が逃げおおせたとしても金はなく、味方はいない。自分のせいで実家とは疎遠だし、唯一の友人だった水矢子は越したばかりで、新しい住所は望月しか聞いていないし、美蘭は行方が知れない。

ホストと遊んだとしても、佳那が楽しいのならどうということはなかった。自分だって、優成と一緒に芸者遊びをしたこともあるし、銀座の美しいホステスと浮気をしたこともある。

金さえあれば、何でも手に入ると思っていた。田舎育ちでたいした学歴もない自分は、都会へのコンプレックスを金で解決していたのだ。優成も同じだ。しかし、今、夢は醒めた。中央通りを走るベンツの中から、和光の屋上にある時計を見上げた望月は、思わず涙した。

「また泣いてるのか」

山鼻が呆れたように言う。望月は何も答えずに、涙を流し続けた。その時、ポケベルが鳴った。よりによって、こんな時にポケベルが鳴ったことが、自分たち夫婦のツキのなさを物語っていた。

「来たな」

山鼻は電話ボックスを見つけると、路肩に停車を命じた。自ら電話をしに行き、やがて嬉々として戻ってきた。

「新宿ヒルトンだ。この部屋番号に佳那がいる。おまえ、俺たちを送った後、すぐにヒルトンに行って、佳那を連れてこい」

山鼻が坊主頭に命じた。望月は諦めて目を閉じた。

山鼻と税理士と望月は、銀座の部屋に戻ってきた。事務所を介して坊主頭と連絡を取り合っている山鼻は、望月の家の電話で怒鳴りまくっている。

「だったら、風林《ふうりん》会館に行け。そこのホストクラブに絶対現れるから待ってろ。知らねえよ、店の名前なんて。そこで訊け」

佳那が新宿ヒルトンに部屋を取っているのは確かだが、外出している様子で捕まらないらしい。税理士が銀座三越に行って、サンドイッチや弁当を買い込んできた。親切な男らしく、望月にも勧めてくれた。

「望月さんも食べるかい」

望月は首を横に振った。前の日の夕方にインスタントラーメンを食べたきりだったが、まったく空腹を覚えない。それよりも、佳那が坊主頭に捕まって、連れてこられる瞬間を怖れていた。

日が暮れた。午後八時過ぎ、坊主頭が戻ってきた。疲れた様子で口を尖らせる。

「何人か動員しましたが、ホテルにもホストクラブにもいないです。出たきりみたいで」

「仕方ねえなあ、じゃ、望月さん一人で行くか」山鼻が望月の方を見遣った。「なあ、奥多摩って行ったことあるかい？」

項垂れていた望月は、顔を上げて首を横に振った。

「東京の西の外れだよ。多摩川が流れてる。そこにな、四十メートルの高さのある橋が架かってるんだよ。自殺の名所だって」

そこから河原に突き落とされるのか。望月は恐怖で髪が逆立つ思いだった。

「返しきれない負債を気に病んで、そこで心中してもらおうと思ったけど、佳那ちゃんはもういいや」

身体が痺れるほどの恐怖が湧いてきたが、それでも佳那が助かったことは嬉しかった。

「ありがとうございます。佳那だけは赦してください、お願いします」

望月が土下座すると、ドアの鍵が開く音がした。

「ただいま」佳那だった。

白いワンピース姿の佳那は疲れた様子だった。が、山鼻や税理士の姿を認めて驚いている。

「どうして、帰ってきたんだよ」

望月は怒鳴った。

「だって、口座のお金がないから、何が起きたのかと思って」

佳那が口籠もる。

「馬鹿」

望月は思わず怒鳴った。

「何が起きたの。どうしたの？　何でこの人たちがいるの？」

佳那が怯えながら、望月に近付いてきた。山鼻が訊く。

「佳那ちゃん、久しぶり。あんたの名義の口座は？」

「私のはないです」

佳那がゆっくり首を横に振る。

「あ、そう。悪いけど、一緒に奥多摩に行ってもらうから」

途端に佳那の目が凍ったように見えた。血の気の失せた顔を見た望月は、痛ましい思いで目を閉じた。瞼の裏に、手を繋いで虚空を飛ぶ自分たちの姿が浮かぶ。

「昭ちゃん」

佳那が横にきて囁いた。目を開けた望月に、佳那の青白い横顔が見える。髪が乱れて、目が落ち窪んでいた。

「ごめんな。こんな幕切れで」

「どうせ死ぬなら、奥多摩なんか知らないところに行かないで、ここで死にたい。銀座で死のう、昭ちゃん」

佳那は気の抜けたような調子で呟いた。

4

夕方、水矢子は自分の部屋で、テレビ画面を見続けていた。時代劇の再放送なんて何の興味もないのだが、生まれて初めて自分だけのテレビを買ったので、眺めるのが嬉しくて仕方がなかった。十四インチの赤いテレビ。ブラウン管の分厚い丸みが可愛らしい。

こうして自分は着々と身の回りを固めて、東京で独り暮らしてゆくための堡塁《ほうるい》を作っている。そう思うと、自分に祝杯をあげたくなった。

水矢子はいつものように、ウォッカをオレンジジュースで割ったスクリュー・ドライバーを飲み始めた。オレンジジュースがなくなると、ウォッカを生で呷る。冷たい液体が喉を通り胃の腑に届くと、カッと灼けるように熱くなる。やがて、すっと冷めて酔いが全身に回る。たとえようもなく、心地よかった。

まだ仕事も決めていないのに、平日の夕方、こうして酒を飲んで過ごすのが楽しい。不意に、この姿は母親そっくりだ、と気付いて苦笑した。焼酎を片手に、だらだらとテレビの前にいる母親をあれだけ軽蔑していたのに、まったく同じことをしているではないか。

しかし、今の水矢子は、酒もテレビも便利なものだと思う。何も考えずに受け身でいられるからだ。今さらだが、無理解な娘に常に批判的な目で見られていた母親に、同情さえ覚えた。

ニュース番組が退屈なので変えようとした時、男性のキャスターが、銀座で心中事件があった、という最後のニュースを読み上げた。早朝、ビルの十階にある部屋のベランダから夫婦二人して下の道路に転落し、即死したという。夫婦であったことから、心中事件と見て捜査している、という内容だった。

「夫婦」という語に反応した水矢子は、何の気なしにテレビ画面を見遣って驚愕した。いきなり望月と佳那の顔写真が出たからだ。

写真は福岡支店時代のもので、佳那はグレーのベストスーツに赤いリボンというフロントレディの制服姿だった。前髪をすだれのように下ろし、赤い口紅を付けて真面目な顔をしている。望月の方は、スーツを着て眩《まぶ》しそうに顰め面をしていた。どうやら、研修か何かで撮られた新人時代のものらしかった。二人とも若く、子供っぽく見えた。

二人の写真の下に、「望月昭平さん（27）」、「佳那さん（25）」と名がある。あの二人とは到底信じられないのに、事実を厳然と突きつけられた違和感だけが先に立ち、水矢子は思わずテレビに向かって叫んでいた。

「嘘でしょう」

水矢子は、最後に会った佳那の様子や、電話で話した望月の言葉などを思い起こした。二人が何かに怯えていたのは確かだが、心中などするはずはなかった。シンガポールに行くと言っていたではないか。二人とも、そんな弱いメンタリティの持ち主ではなかったはずだ。誰かに恨みを買って殺されたのだろうか。じゃ、誰に？

気が付くと、水矢子は泣いていた。川村が自死して、今度は望月と佳那。もちろん、自分はまったく関係がない、とは言わない。金の泡を膨らませるだけ膨らませて、二人が成功した過程を、横でつぶさに見てきたし、その成功を利用させてもらったこともある。

それだけに、二人の死は身の置き場がないほど辛かった。水矢子は声を上げて嗚咽《おえつ》した。その日は、家にあるだけの酒を飲んで泥酔し、気を失うように眠った。

翌朝、水矢子は駅に走って朝刊を数紙買い込み、部屋に帰ってじっくり読んだ。みんな似たりよったりの記事だったが、一紙だけ目撃者の情報を載せている新聞があった。

たまたま停車中のタクシーの運転手が、何の気なしに上を見上げたところ、男女二人が飛び降りる瞬間を目撃した、とある。それによると、二人はベランダの柵をまたぎ、手を繋いだまま、何の躊躇もなく飛び降りたそうだ。どちらかというと、妻の方が積極的なように見えた、と目撃者は語っていたが、それには記者の疑問がついていた。というのも、夫の望月が株で大損したことから、夫が将来に絶望して無理心中を図った疑いもある、のだという。

水矢子は目を閉じて、その情景を想像した。ベランダに椅子を置き、佳那が腰の退ける望月の手を引っ張る。いやいや椅子に乗る望月の手を摑み、佳那が決心を促す。その美しい横顔。

それ以上、想像するのが辛くなった水矢子は、「ああ」と呻《うめ》いて、両手に顔を埋《うず》めた。この衝撃は後々まで響いて、自分の一生を変えるだろうという予感があった。

望月や佳那と同化して、生きていた時期が自分にもあったのだ。望月や川村の情報を元に、南郷と一緒に株価に一喜一憂していたこともある。なのに、望月も佳那も川村も無惨な死に方をし、自分だけが生きている。

無難な生き方をしている自分だけが無事だった、ということだろうか。自分は何とつまらない人生を生きているのだろう。何が、風の人だ、ダイヤモンドだ。水矢子は急に腹が立って、新聞をくしゃくしゃに丸めて、力任せに千切って棄てた。二度と見たくなかった。

それでも葬儀の情報を知りたくて、水矢子はアパートを出て公衆電話に向かった。前場の終わった頃を見計らって、萬三証券・福岡支店に電話をした。彰子を呼び出して聞くつもりだ。

しかし、彰子はとっくに退職したのではないかと不安だった。証券業界は出入りが激しいし、まして彰子は結婚願望が強かったから、すでに結婚して子供もいるかもしれない。ならば、吉永にでも聞いてみようと覚悟したところで、幸いなことに彰子本人が出た。

「もしもし萬三証券ですか？」

「はい、そうです。ご用件をお伺いいたします」

彰子は物慣れた様子で標準語で喋っているが、こうして電話に出るところをみると、どうやら結婚はまだらしい。

「彰ちゃん？　私、伊東水矢子なんだけど」

「みやちゃん？　わー、懐かしか。元気やった？」

彰子が驚いたように声を上げた。

「うん。みんなも元気？　変わりない？」

「とんでもなか。みんなさっさと辞めとうよ。吉永課長まで辞めたんばい」

「吉永さんが？　どうして？」

「さあ、バブル弾けて大損したけん、もう証券の仕事せんって言いよったそうや」

「呆れた。さんざんいい目にあったんじゃないのかしら。ところで、佳那さんたちのことなんだけど」

「ああ」と彰子は急に声のトーンを下げた。「まさか。そげんこつになるなんて、びっくりやわ。小島さん、可哀相やね。ここにも、週刊誌の人から、話聞かせてくれんちゅう電話あったっちゃ」

「ほんと。それで、お葬式のこととか知ってたら教えてくれる？」

「さあ、こっちではもう関係なかけん、何も聞いとらんばってん、支店長に聞いてみようか？」

「うん、お願い。東京でやるなら、おまいりしようと思って」

「ちょっと待ってて」

保留の音楽が、以前の「グリーンスリーブス」から、違う曲に替わっていた。曲名を思い出せなくて苛々する。ほどなく、彰子が戻ってきた。

「もしもし、わかったからメモして」

公衆電話のボックス内で、メモ用紙を片手で広げてメモを取る。通夜はなく、葬儀は明日の午前中、桐ヶ谷《きりがや》斎場で行われるという。

「ありがとう。助かった」

「ねえ、あの人たち、何があったと？　こっちの噂じゃ、長崎のヤクザ絡みだって言われとっちゃけど。望月さんが何か関係しとったと？　なら、何で小島さんも死なならんと？」

彰子は興味津々で聞いてくる。だが、最後の質問は、水矢子の気持ちと同じだったから、思わず涙ぐみそうになった。

「さあ、私もわかんないの。ともかく、葬儀に行ってくるね」

「うん、何かわかったら、教えて」

彰子はせがむように言った。うん、と生返事をして、水矢子は電話を切った。


翌日、朝から雨の降る鬱陶しい天気だった。水矢子は喪服がないので、黒いスカートとブラウスという格好で桐ヶ谷斎場に行った。人混みに紛れてすぐ帰るつもりだったが、「望月家」と立て札が出ている小部屋には、驚くほど人がいなかった。

親族も数人で、望月の両親はおらず、眉に剃り込みを入れた鋭い目付きの若い男が一人、受付に座っていた。結婚式の写真で見たことがある、元暴走族とかいう望月の弟らしい。

佳那の方も、参列者は両親のみという寂しさだった。佳那の両親は、美貌の佳那がどうして生まれたのだろうと不思議に思うほど、平凡な中年の夫婦だった。何かに怯えたように押し黙って俯き、水矢子の方を見もしない。義務感だけで座っていて、早くこの場から去りたくてたまらないように見える。

水矢子は会社の知り合いが来ているのではないかと心配したが、萬三証券の人間は誰もいなかった。望月は死ぬ二週間前に退職届を出して、以後、出勤もしていなかったというから、なにがしか事件を起こしたとなれば、会社としては一切関わる気はないのだろう。

香典を差し出した水矢子に、望月の弟が言い慣れないのか、棒読みのように礼を言った。

「わざわざすみません」

「望月さんの弟さんですか?」

「そうです」

弟は、それが癖なのか、眉を顰めながら水矢子の顔を見上げた。だが、どことなく望月の面影があるように思えて、水矢子は顔を背ける。

「このたびはご愁傷様です。私はお二人の同期で、仲良くして頂いてました」

「それはどうも」

そう言ったきり、言葉が続かない。如才なくて調子がよかった望月とは対照的だった。

「ご両親は?」

「二人とも出てこれなくて」と、弟は言葉を濁した。

東京に出てくるには、金がかかる。それに心中事件ということになっているが、不明な点も多いから、あまり表に出たくないのかもしれない。

「お一人で大変ですね」

「いや、別に」

「あの、お二人と会うことはできますか?」

「いや、損傷激しいし、解剖したから無理です」

あっけらかんと断られて、水矢子はたじろいだ。

「そうですか」

「だけど、借金は返してから逝《い》ったらしいんで、それは安心してます」

「借金があったんですか?」

「らしいです。死ぬ前に銀行で預金下ろして、債権者に返したらしいです」

弟は存外満足そうに言う。

「そうでしたか。では、これで失礼します」

水矢子は、佳那の両親に頭を下げると、斎場を後にした。後にも先にも、こんな寂しい葬儀を見たのは初めてだった。佳那の棺が焼き場で順番を待っているのかと思うと、悲しくて仕方がなかった。お骨を拾う勇気もない。

帰りしな、髭面で小太りの男と擦れ違った。喪服を着て、数珠を手にしている。水矢子は思わず話しかけた。

「亀田優成さん」

優成は立ち止まり、誰だっけという表情で水矢子を見た。

「私は望月さんたちの友人です。あと川村さんとも親しくて」

「ああ」と、優成は思い出したように言う。「占いのところの人ですか？　川村から聞いてますよ」

「そうです。お世話になりました」

「いや、ご迷惑かけてすみません」優成が頭を下げた。「川村も死んじゃったし、今度は望月さんだし。やりきれないですよね。俺も終わりです。今日明日にも逮捕状が出るって聞いてるんで」

「ここにいらして、大丈夫なんですか？」

水矢子が周囲を見回すと、優成は分厚い肩を竦めた。

「どうせ尾行されてますよ。逃げられないです」

「みんなに何が起きたんですか？　私、何だかわけがわからなくて」

水矢子が溜息を吐くと、優成が薄く笑った。

「ゲームオーバー。俺たち、やられたんですよ」

「誰に」

「大人たちです。さんざ利用されて、全部奪われて、最後は殺される」

水矢子の全身に鳥肌が立った。

「佳那さんは、何も悪いことなんかしてないのに」

そう言うと、優成が深々と頭を下げた。

「すみません」

「優成さんが謝ることじゃないです」

そう言おうとしたが、泣けてきて何も言えなかった。


佳那たちの葬儀から、数カ月後のことだった。水矢子は派遣会社に登録し、新宿にある運送会社の事務員として働き始めていた。給料は決して高くはないが、職場の環境もよかったし、贅沢さえしなければ何とか暮らしてゆけそうだった。家に帰って、テレビを見ながら、スクリュー・ドライバーを飲むのが唯一の楽しみという他に趣味もなく、金は貯まりはしないが、そう出てもゆかないほどほどの暮らしぶりだった。

ある日突然、兄から職場に電話があった。ほとんど音信不通だった兄からの連絡は、母親が亡くなったという報《しら》せだった。いつかそんな報せがくるだろうと覚悟していたから、そう驚きはしなかったが、「借金があった」という兄の言葉には絶句せざるを得なかった。

母親は飲酒がもとの肝硬変でほとんど働けなくなり、借金を重ねていたという。その額は八百万。兄と折半で返すことになって、水矢子は慌てた。バブル時代に貯めたわずかな金を頼りに地道に暮らすつもりが、その預金はすべて借金の返済に充てられることになった。そして、さらに月ごとの返済が決められた。それが、水矢子の転落の始まりだった。

エピローグ

　さっきまで車の通り過ぎる音や、池面で何かが跳ねるようなピシャッという音が聞こえていたが、今は静まり返って何の音もしない。公園全体が深い闇に沈んで、水底にいるかのようだ。

　水矢子の隣に腰掛けている佳那は、穏やかに微笑んで公園の池を眺めている。月明かりで、その横顔を盗み見た水矢子は、感嘆の溜息を吐いた。佳那は、まだ二十代初めの姿で現れてくれた。そう、萬三証券の福岡支店で出会った頃のような。

　前髪をすだれのように垂らし、肩までの髪のサイドを外巻きにした、当時流行った髪型をしている。服装は黒いコートのようなものを羽織っているが、その下は白いドレスだった。いかにも寒そうな格好なのに佳那は平然としているし、吐く息も白くない。

「佳那さん、変わらないね。相変わらず、綺麗で可愛い」

　水矢子が褒めると、佳那はくすぐったそうに、少し掠れた声で答えた。

「そげんこつなかばい」

「また、そんな大袈裟な博多弁使って。もう、そんな言葉を使わなくても自然でいいんですからね」

　佳那は笑ったようだが、すぐそばにいるのに、空気の振動は伝わってこなかった。

「いや、もう癖やけん。こうせな、お客さんが喜ばんけん」

　佳那がフロントレディだった頃、窓口にやって来る中高年の客を、この口調で喜ばせていたことを思い出す。佳那は古株の浅尾瞳たちに嫉妬されるほど、中高年の男客たちの受けがよかった。確かに、可愛い佳那が、若者は使わないような博多弁を喋ると、誰もがその落差を喜んだ。浅尾たちは、そんな佳那の計算を嫌っていたのだ。

「佳那さんは、仕事熱心でしたよね。望月さんもがむしゃらだったから、二人は似た者同士だなって思ってました」

「うん、昭ちゃんな、すぐに福岡支店のナンバーワンになったけんね。うちも昭ちゃんを応援せな、て思うとった。あの頃は成績を上げることが生き甲斐やったね。誰にも負けたくなかったけん」

　佳那が楽しそうに語る。

「でも、佳那さん、東京では仕事してませんでしたね」

「うん」佳那の声が沈んだ。「それが、うちにはつまらんかった。ばってん、昭ちゃんな、そげんしてうちば守っとったんだって。掌中《しょうちゅう》の珠《たま》や、言うて」

「ご馳走様です」

　水矢子のからかいに、佳那は満足そうに微笑んだ。

「私たち、必死に仕事してお金貯めて、早く東京に出て行こうよって約束してましたよね」

水矢子が独り言のように呟くと、佳那が横で囁いた。

「あん頃は面白いように株価が上がって、楽しかったねえ。右肩上がりで、景気が悪うなることなんて、想像もできんやった」

「ほんとに凄い時代でした」

水矢子は、寒さで冴え冴えとした夜空を眺め上げた。わずかに左側が欠けているだけで、ほぼ満月が皓々《こうこう》と光を放っている他は、星はひとつも出ていない。月はまるで鏡面のごとく、青白く光っていた。

「だけど、私は密かに望月さんに嫉妬してたんですよ」

水矢子は思い切って言った。

「昭ちゃんに嫉妬？　何で？」

佳那の声が可笑しそうに弾む。

「だって、佳那さんを独占してるから。私、佳那さんが大好きだった。私にとっても、佳那さんは掌中の珠でした」

佳那は何も言わずに、くすぐったそうに笑っている。

「じゃ、みやちゃんな結婚せんやったと？」

「一度もしてません」

「そうやったと。みやちゃんな、いくつになったと？」

佳那が水矢子の方を振り向いた。白目の部分が月明かりを反射して、きらりと光った。

「佳那さん、びっくりしますよ。私、もう五十三歳だもの」

「五十三？　信じられんとね」

「ほんと、自分でも信じられない。中年のおばさんです」

水矢子は月明かりに、両手をかざした。寒さでかじかみ、甲には静脈がはっきりと浮き出ている。

「お婆さんの手になってきた」

「ううん、みやちゃん、全然変わらんよ。それより、あれからなにしとったと。話して聞かせて」

佳那が水矢子の二の腕に軽く触れてせがんだが、まるで風がそっと吹いたかのような感触だった。

「つまんない話ですよ」

「ええよ」

どこから喋ればよいのか。一気に様々な思い出が蘇って、水矢子は迷った。

「私が桜上水に引っ越したのは、ちょうど優成ボイスの川村さんが、西武新宿線に飛び込んで亡くなった直後でした。私がどこに引っ越したかは、佳那さん、ご存じないですよね」

佳那は黙って聞いているらしく、ひっそりと気配を消している。

「川村さんは、本当に控えめでいい人でした。私のことが好きだったみたいだけど、私は男の人には興味がなくて、振り向こうともしませんでした。せっかく、望月さんが紹介してくれたのに、申し訳なかったと思います。そうそう、思い出しました。私、川村さんに何て言われたと思いますか?」

「何て言われたと?」

「ダイヤモンドだって、言われたんですよ」

「ダイヤなら、よかやなか」

「いや、ただのダイヤモンドじゃなくて、輝かないダイヤモンドだって言われたんです。つまり、私は硬度が高くて絶対に自分を曲げないし、変わらない。つまらない女だから、輝かないダイヤだって」

「うまかこと言うね」

佳那が、闇の中で感心したように頷いた気配がする。

「その腹いせなのか、川村さんは、うちの南郷先生と付き合い始めたんです。私は二十歳以上も年上の女性と付き合える男性なんて想像もできなかったから、本当にびっくりしました。今では、人生はいろいろあるということを、南郷先生が教えてくれたと思っていますが、当時の私は恋愛にはまったく関心がなくて、想像力がなかったのです。まさに、輝かないダイヤモンドでした。

南郷先生といえば、川村さんのことが本当に好きで、自殺されたことに大きなショックを受けておられました。以後、占いの仕事もうまくいかなくなり、アルコール依存症で早く亡くなられました。

佳那さんはご存じないでしょうが、佳那さんたちのことも、川村さんの自殺のことも、殺されたとか、いや自殺だとか、いろんな噂が飛び交いました。週刊誌にも書かれましたが、結局、真相はわかりませんでした。ちなみに、亀田優成さんは、七年間刑務所でお勤めされたそうです。

私は一年も経たないうちに、女子大を辞めてしまいました。同級生とも話が合わなかったし、高い学費が払えなくなりそうだったからです。当時は、川村さんのアドバイスで買った株の儲けが少しありました。そのお金で新築の風呂付きアパートにも越せたし、東京での生活基盤がやっとできた、と喜んだんです。当時は意気揚々としていました。でも、私は本当に甘かった。

私の生活に翳《かげ》りが出たのは、佳那さんたちの事件の後すぐでした。福岡の母が亡くなったんです。肝硬変でした。母の死後、母が八百万の借金を抱えていたことがわかり、勝手に保証人にされていた兄と私とで折半して返済することになりました。兄は大阪で、一男一女のいる家庭を持っていましたが、数百万の借金は重荷だったようです。もちろん、派遣社員の私も、蓄えがあるわけではないので、返済に苦しみました。それから、私の窮乏生活が始まったのです。兄とは葬儀の時に一度会って返済の相談をしたきりで、そのまま縁が切れました。

母の負債は、借金だけではありませんでした。私はいつしか、アルコール依存症になっていたのです。母と同じでした。仕事から帰ると、すぐに安い焼酎を飲んで酔っ払うようになりました。最初はウォッカをオレンジジュースで割って飲んでいたのですが、お金が続かなくなったんです。最後は、母と同じ。安い焼酎。飲んだくれの母親が嫌いで、ああはなりたくないと嫌っていたのに、私は同じことをしていたんです。

仕事は、ひとつところに三年程度勤めた後、雇い止めに遭って、また別の職場に赴く、という形で細々と暮らしていました。給料は上がりませんし、ボーナスもないので、家賃の支払いが重くのしかかります。やがて、上京して最初に住んでいたような、木賃アパートに越さざるを得ませんでした。ええ、W大の貧乏学生が多く住んでいた共同玄関、共同トイレの古い物件です。当時、そのアパートには、何をしているのかわからないお婆さんが一人で住んでいましたが、私もそのお婆さんと同じような目で、つまり好奇心と同情心が半々になった目で見られていたのでしょうね。

五十歳近くなると、なかなか事務職では雇われなくなりました。スーパーのバックヤードで、魚の切り身をパックに詰める仕事や、試食販売などを主にするようになっていました。スーパーの仕事だけでは食べていけないので、夜は近所の居酒屋で働いていました。でも、コロナのせいで、まず居酒屋の仕事がなくなり、スーパーの方も人員削減の憂き目に遭い、首になりました。楽しみの晩酌すらもできなくなったんです」

水矢子は話し疲れて、息を吐いた。手がかじかんで感覚がなくなっている。

「じゃ、みやちゃんな、今どげんしようと？」

傍らで黙って聞いていた佳那が小さな声で訊いた。

「アパートも追い出されてしまったので、ここにいます」

水矢子は、ベンチを指差した。

「寒いのに大変やね」

「慣れました」

水矢子は小さな声で答えてから、ぶるっと胴震いした。身体の芯が冷え切っていて、暖まるということがない。家がないことの惨めさは、自然の厳しさに対して、あまりに無防備なことだった。

「ところで、佳那さん、ひとつ訊いてもいいですか？」

「ええよ、何」

佳那が優しい声で答える。

「佳那さんたちが亡くなられたことは、本当にショックでした。どうしても、あの遣り手の望月さんが、心中という道を選ぶとは到底思えなかったんです。本当に、望月さんが心中を持ちかけたんですか？　佳那さん、どうして従ったの？　いい妻だから？　それとも何かあったんですか？」

水矢子は傍らに座った佳那の顔を覗き込む。さっきまで白目が月の光を浴びて光っていたのに、今は暗く沈んでほんのりと白い顔が見えるだけだった。

「うちは、全然よか妻なんかやなかとばい。さっき、みやちゃんが、輝かんダイヤモンドだって話があったたっちゃね。その伝で言えば、うちは掌中の珠どころか、薄汚れた真珠やった。汚かパールばい。昭ちゃんば裏切って、ホストの男と関係した。それも半分同棲みたいなもんや。優しゅうしてくれるんなら、誰でもよかった。それで、昭ちゃんが欺して稼いだ汚か金で、服とバッグと靴ば買うて、毎日うまかもんば食べて、高い酒飲んで、ホストクラブで遊んどった。やけん、よかとよ。昭ちゃんもうちも、分不相応の暮らしばして、頭がおかしゅうなったんばい。当然の報いばい」

「そんな、当然の報いだなんて、言わないでください」水矢子は泣きそうになった。「私は悲しかった。私、こんな生活をしているのは、佳那さんたちの悲劇があったからです。あれから、どうあがいても幸せになれないし、なるのも怖いんです」

「みやちゃん、可哀相やね」

佳那の手が、水矢子の手にそっと触れた。その冷たさに、水矢子の心が痺れそうになる。

「佳那さんの手、凄く冷たい」

「みやちゃんの手も冷たかばい。凍えとうやなかと。このままじゃ、死んでしまうよ」

佳那の声が細く、小さくなった。闇に溶け込んでしまいそうだ。

「でも、私、今は解き放たれた気持ちもあるんですよ」

「それ、わからんでもなかよ。うちも最期は、ああ、これでおしまいだ、やっと終わるて思うて、ほっとしたもん」

佳那の声が細く低くなり、今にも消え入りそうだ。水矢子は佳那がまだいるかどうか不安になって、傍らを見遣った。佳那はまだそこに座っているが、輪郭が朧《おぼろ》げになっている。水矢子は急に眠くなって、大きく嘆息した。

「みやちゃん、もう終わりにしよう。一緒に行こう」

佳那の冷たい手に手を握られた水矢子はほっとして目を閉じた。


（了）

初出　「サンデー毎日」二〇二一年四月四日号～二〇二二年七月十日号
単行本化にあたり、大幅に加筆・修正をしました。
本書はフィクションであり、実在の人物・団体とは一切関係ありません。

桐野夏生（きりの　なつお）

一九五一年生まれ。九三年「顔に降りかかる雨」で江戸川乱歩賞受賞。九八年に『ＯＵＴ』で日本推理作家協会賞、九九年『柔らかな頬』で直木賞、二〇〇三年『グロテスク』で泉鏡花文学賞、〇四年『残虐記』で柴田錬三郎賞、〇五年『魂萌え！』で婦人公論文芸賞、〇八年『東京島』で谷崎潤一郎賞、〇九年『女神記』で紫式部文学賞、一〇年、一一年に『ナニカアル』で島清恋愛文学賞と読売文学賞の二賞を受賞。一五年に紫綬褒章を受章。二一年に早稲田大学坪内逍遙大賞、二三年には毎日芸術賞を受賞。『日没』『インドラネット』『砂に埋もれる犬』『燕は戻ってこない』など著書多数。日本ペンクラブ会長。

装丁　佐藤亜沙美（サトウサンカイ）
装画　Kamin

真《しん》珠《じゅ》とダイヤモンド　下

２０２３年１月20日　印刷
２０２３年２月５日　発行

著者　桐野《きりの》夏生《なつお》
発行人　小島明日奈
発行所　毎日新聞出版
〒１０２－００７４
東京都千代田区九段南１－６－17　千代田会館５階
営業本部　０３（６２６５）６９４１
図書第一編集部　０３（６２６５）６７４５

印刷　精文堂印刷
製本　大口製本

ISBN 978-4-620-10861-2
乱丁・落丁本はお取り替えします。